小林春彦
*Kobayashi Haruhiko*

# 18歳のビッグバン

## 見えない障害を抱えて生きるということ

あけび書房

# まえがき

あなたは、いま、人から「見えない」何かを抱えて生きていませんか？

わたしは高校を卒業した春のある朝、重い脳疾患に倒れました。すぐに病院で救命のための開頭手術が施《ほどこ》されました。九死に一生を得たことは幸いでしたが、次に目が覚めたとき、脳へのダメージで意識も安定しない障害者になっていました。

見た目は健常時代と何一つ変わらない、しかしどこか能力に異常を抱えている、そのような障害者です。

激しい痛みを伴う闘病生活、病因を特定するための検査入院は過酷なものでした。しかし、それよりはるかにつらかったのは、退院後です。

何より戸惑ったのは、常に亡霊のように自分に付きまとう「違和感」でした。

リハビリ入院を経て、ようやく、「見えないもの」の正体が「高次脳機能障害」であることがわかりました。当時は、ほとんど認知されていない言葉でした。しかも、正体がわかれば状況は改善すると信じていたのに、わたしの「違和感」が和らぐことはなかったのです。

人は、「見えないもの・知らないこと・よくわからないもの」に出くわすと、不気味で恐怖を感じる生き物です。簡単な答えで、自分を安心・納得させたがるようにも思います。

・見えないから怖い。
・知らないから知っているフリをして怖さを誤魔化したい。
・よく分からないから遠ざけたい。

これは、「ふつうの人」が「不可解な人」に対して抱いてしまう典型的な差別と偏見ですが、それは、時に差別対象への攻撃性として現れることがあります。

そして十代だったわたしに突然やってきた「見えない・知らない・よく分からない自分」をわたし自身が短絡的に拒絶するということ。それは、自分を殺す、という「自殺」そのものを意味していました。

10年より前のわたし、あるいは今のわたし、のどちらかしか知らない人は、「大げさ」と笑うかもしれません。でも本当は、誰にも言えないヒミツを抱え、居場所を探していたのです。

(なぜ、自分だけがこんな得体のしれないものを抱えて生きていかなければならないのか！)
そんな不安と混乱が、わたしの頭のなかでいつもグルグルと渦巻いていました。

わたしのなかに存在する「見えない」ものは、やがて、人に「見せたくない」ものとなっていきました。

そんなとき、わたしに、ある「出会い」がありました。

その「出会い」をきっかけに、わたしは自分のアイデンティティと希望を求め、病院を抜け出し、家も飛び出し…、あれよあれよと田舎から東京まで一人やって来ました。

新しい場所では、人目が気になって、自分の弱い部分も上手に見せられませんでした。

心はドロドロなのに、平気な顔をした偽りの健常者を演じてみたり。

心がキラキラで、お涙頂戴の頑張っている障害者を演出してみたり。

いずれの場合も、底が割れると相手からの信頼を損ね、わたしも傷つきました。

不器用で多感だった思春期。外見から分からない障害を持つ人に対する理解や情報が、まだ医学や制度でさえ混沌としていた当時。声をあげればあげるほど、一般の人からの風当たりも強いものがありました。

どうして、あのとき、自分だけ生き残ってしまったんだろう…。

心無い言葉に傷ついてヤケになれば、そんなバチ当たりも考えたくなります。

しかし、多くの人たちに出会い、助けられ、裏切られ…とさまざまな経験を積むうちに、わたしは10年たって今、それまで荒《すさ》んでいた「ライフストーリー」を愛《いと》おしく思えるようになっていきました。あらためて、時の流れとは、理屈を超えて不思議なものです。

と言っても、「秘すれば花」かもしれない。周囲の勧めもあって出版に向けて筆をとりましたが、今さら、個人的なエピソードを掘り返し世に贈り出すことに、どの程度の値打ちがあるのだろうかと悩んだのも事実です。

おそらく多くの人がよく知る複数の事件。青春の頃。同級生の死。生死を彷徨《さまよ》う闘病。家族との関係。成し遂げた制度改革。そして若い人生の途中で、障害者と健常者のボーダーとして生きることとなった青年期の心理面にライトをあてました。

いま、世間では、「ダイバーシティ」とか「インクルージョン」といった言葉が流行《はや》るようになりました。かなり簡単に言えば、障害者やLGBT、ホームレスなどマイノリティ(少数派)とされる弱者を理解し、共生しようというヨコ文字です。

もちろん、このような考え方は少し前に比べれば喜ぶべきことだと思います。

ただ、わたしは、これまでの出会いや経験から、「生きづらさ」を感じているのは、必ずしもマイノリティだけではないと考えています。

わたしは、人々の「多様性」より前に、個人のなかにある「多面性」に目を向けたい。「共存」

を大きく主張するより前に、「そもそも一緒にいなければならない意味」について問い直したい。そのように思うようになりました。

マイノリティ、マジョリティ（多数派）、と分断せずとも、人は誰だって、笑顔の裏に秘した「見えない何か」を抱えて生きているからです。その意味では、老若男女を問わず人の数だけ人生があり、一人ひとりが当事者です。

親や先生が、マルやバツを付けてくれる答えの用意された問題は義務教育ぐらいまで。社会や人生には、答えのない問題ばかりが横たわっています。そして、それにぶつかりながら人は生き、自ら考え自分だけの答えを見つけ出していくのだと思います。

若輩者のわたしですが、もし本書が、そういった難題に直面し、悩んでいる人たちにとって、一つでも参考になることがあれば、神に生かされた二度目の人生を心より幸福に思います。

２０１５年10月

小林　春彦

もくじ

## 第2章 診断名「右中大脳動脈閉塞症・広範囲脳梗塞」

# 第3章
# 姿を現した障害との闘い

## 第4章 自分探しの日々

## 第5章 未来に向けて

# プロローグ──母校からの講演依頼

この春も桜は見ずに散った。

近頃は季節の移ろいが早い。


梅雨真っただ中のある日。

灰色の雲が空を覆い、じめじめとした重たい空気が、より一層、うっとうしさを増していた。

いつもより遅く研究室を出てアパートに帰ると、郵便受けに見慣れない茶封筒が届いていた。

差出人は、6年間通った母校の恩師だった。懐かしい名前に思わず頬が緩んだ。

「へぇー、なつかしいなぁ」

僕は、いそいそと封を開けた。

小林くん

ご無沙汰しています。

お身体の調子、いかがですか。

今度、あなたの通った学校が創立100周年を迎えることになりました。

小林くんの多方面でのご活躍、伺っています。

急な依頼ですが、広く社会で頑張っている先輩として君から在校生の後輩たちに是非お話をしてもらいたいと、講演会の課外授業を先生たちと考えています。

近く、関西に帰ってくる予定は、ありませんか？


久々に見る「三田学園《さんだがくえん》」という文字。懐かしいというよりは、新鮮だった。梅雨のうっとうしい空気が、心なしか少しだけ爽やかになったように感じた。

世間の広さも厳しさも知らぬまま、ただひたすら目の前のことを追い求め、夢中で駆け抜けた中学・高校時代。まだ人生なんて、その意味すらも問わぬ日々。当時の想い出に浸《ひた》れば、いつも時間を忘れてしまう。だから、あの輝かしい青春の日々を過ごした故郷、母校の恩師からの講演依頼は、とても誇らしいとさえ思った。

だけど、その感情とは裏腹に、なぜか気重さを感じて、躊躇《ちゅうちょ》する自分もいた。人前で話をするのは苦ではない。これまでの経験から、たとえ聴衆が何千人いても話せる自信はある。

なのに…、この重たい気分はなんなのだろう?

もちろん講演自体は引き受けることにしたけれど、様々な思いが錯綜《さくそう》して、日を追うごとに胸が苦しくなってきた。


手紙を受け取って、2か月も過ぎようとしていた。

僕は、お盆休みで帰省したとき、講演の打ち合わせのため、母校を訪れた。

講演依頼を受けたときに感じた重たい気分はなかなか拭えず、その気持ちを引きずったまま打ち合わせに臨むことになった。


今、考えても、あのときの思いは複雑だった。もちろん、僕を育ててくれた故郷からの講演依頼があったことは嬉しかったし、誇らしくもあった。しかし一方で、母校の恩師や後輩に、「あの春」以来、自分の身に起きたことをさらけ出すことへの不安もあった。

恩師や後輩たちに、今の「あるがままの自分」は、どう映るのだろう?

彼らは、果たして受け入れてくれるだろうか。それとも同情されるのだろうか…。

中高生だったころの僕は、今の僕のような外見からはわからない困難を抱える障害者と出会っても、きっとなんの興味も理解も示さなかったに違いない。むしろ、本当にそれほどの障害を抱えているのかといった疑いの眼差《まなざ》しすら向けていたかもしれない。僕が日常で抱えているリアルな想い。それは一体どんな言葉で話せば、彼らに伝わると言うんだろう…。

後輩たちに18歳までの自分を思い重ねていくうち、言い知れない不安とある種の恐怖が胸の中に広がった。


そんなことを考えているうちに、手紙を受け取ってから半年が過ぎるのもあっという間だった。

そして約束の講演1週間前。僕はうっ積する重苦しさを跳ね除《の》けるような思いで、新宿発、神戸行きの夜行バスに乗りこんだ。

車窓を流れていくネオンが、蠢《うごめ》く。

あれから、10年の歳月が経とうとしている――。

18歳のビッグバン　第1章

# 生い立ち～三田学園時代

音楽の流れる家

# どこにでもある、ふつうの家族だった

1986年12月17日、僕は、大阪の吹田で生まれた。

家族構成は、両親と姉、妹、そして僕の5人。

父は「趣味は？」と訊《き》かれれば「仕事」と答えるほど、実直で勤勉だ。そして、何かと理屈を付けないと納得しないという理屈屋な面もある。それから、とにかく流行《はや》り廃《すた》り関係なくいろいろな本をよく読む。

そう言えば、僕の呼び名（あだ名）について、父から家族へと「お達し」が出たことがあった。

僕は、物心ついてから、家族、親せきみんなから、同じ呼び名で呼ばれていた。

それは、「るーちゃん」。理由は定かでないが、当時、みんなに定着していた。

ところが、中学に進学する頃、突然、父がこんなことを言い出したのだ。

「みんな、るーちゃんって呼ぶ、あれ。まだ小さい頃なら可愛いいもんだけど、ちょっと締まりがないいんじゃないか？」

「えー？　じゃあ、何て呼ぶんよ？」

母や姉妹たちが父と何やら相談をはじめた。

元気に走りまわっていた
幼少期

話し合った結果、父と母は「はるひこ」、妹は「お兄ちゃん」と呼ぶことになった。

でも、姉だけは違っていた。

本来なら姉も「はるひこ」と呼ぶべき、となるところだが、「お姉ちゃんにだけは、るーちゃんって呼ばせてあげて」という母のたっての希望で、「るーちゃん」という不思議な呼び名はかろうじて生き残ることになった。

母曰く、「だって、『るーちゃん』って可愛いじゃないの。うふふ」

どこか乙女らしさを残す母は、自分の判断が正しいと言わんばかりに、ほほ笑んだ。


今でも、姉に「るーちゃん」と呼ばれると反射的にドキッとする。姉とは、後にも書くように、何かとぶつかることが多かったが、僕が誰よりも影響を受けた人でもある。

学生時代の姉は長女らしくしっかり者で、完ぺき主義。実際、オール5を取るほど成績優秀だった。その一方、中学では美術部、高校では弦楽部に入り、部長まで務めた。勉学も体育も芸術も負けるところを知らない。

しかも、大学院を卒業して、東京で編集会社に就職した後、ライター・写真家として単身、フィンランドにわたり、現地の人と国際結婚してしまった。すごい行動力だ。

別に、僕は意識的に姉の真似をしたいと思ったことはないが、小学生の頃は、悪と闘う少年漫画より登場人物の目がキラキラした少女漫画のほうを多く読んでいたし、その他の面でも、知らず知らずのうちに、強くしなやかな姉の背中を追っていたようだ。

気が強くしっかり者だった姉に対し、妹は、いつも明るく優しい癒《いや》し系。末っ子らしい可愛さがあり、何かと気遣いをしてくれる。僕が家に帰ると「おにーちゃん、おにーちゃん」と言いながら話を聞いてくれる。高校から始めたお琴では邦楽の大会でトップに立ち、仲間を率いて全国大会にも出場していた。もしかすると、対人関係の面では3人の中で、いや家族の中で、一番器用なのかもしれない。

ところで、父はクラシックギターを、そして母はピアノをやっていた。

その影響か、僕たち3兄弟は、幼いころから音楽に親しんできた。と言っても、別に、毎月クラッシックのコンサートに盛装《せいそう》して出掛けるような上流家庭だった、というわけでも、両親が著名なオーケストラの一員だったというわけでもない。

そういえば、遠い記憶の中、印象に残っていることがある。それはパッヘルベルの『カノン』を3人兄弟でニコニコと合奏したことだ。

たしか、姉が高校生、僕が中学生、そして妹が小学生の頃だったと思う。当時、姉はビオラ、僕はバス・クラリネット、そして妹はグランドピアノを弾いていた。

みんながそれぞれに自分の楽器を練習していると、「遊んでみよう！」ということになった。と言っても、そんな編成のアンサンブルの楽譜があるわけでもない。

そこで、誰かの音楽の教科書に載っていた「カノン」に目を付けた。リコーダー用の単純な楽譜だった。それぞれの楽器用の譜面に書き直す。各楽器に合わせて、ト音記号、ヘ音記号、そしてハ音記号に。キーもCに統一した。

さっそく合わせてみると、たった3人の小柄なアンサンブルの割には、弦楽器、管楽器、鍵盤楽器が揃って、それなりの重厚感《じゅうこうかん》が出た。あの有名なフレーズを何度もリピートし、時折視線がぶつかると、顔がほころぶ。

思春期に差し掛かった僕たちは、時にちょっとした言い合いをすることもあったけれど、それでもこの頃の僕たちは、無邪気で仲の良い、どこにでもいそうな普通の兄弟だった。

### 地鳴りに目覚める阪神大震災

## 見知らぬ転校生がやってきた

僕の幼少時代、家族は住む場所をいくつか変えている。例えば、祖父母が住んでいる岡山や福井などだ。大阪の社宅に住んでいたこともあった。小学校への入学とほぼ同時に、兵庫県の神戸に引っ越してきた。

学校に通うようになると、家族と離れている時間が増え、自主性も芽生えてくる。だから、僕が一人の人間として歩み出したのは、神戸からと言っていい。

いまでこそ、人の「多様性」を認め合おうという声も広がりつつある。だけど考えてみれば、僕が、「この世にはいろいろな人がいるんだ」ということを感じたのは、小学校の頃だった。

1995年1月17日、午前5時46分。朝、部屋で寝ていると、これまでに感じたことのない、立っていられないほどの強い揺れに襲《おそ》われた。

激しい揺れのなか、父と母は、姉、僕、妹の三人兄弟を抱きかかえるように、守ってくれた。後に「阪神・淡路大震災」と呼ばれるこの大地震は、震度7という、この地域ではまさに未《み》曽《ぞ》有《う》の激震で、しかも冬場のまだ日の出前に発生した。

僕が住んでいたのは、神戸と言っても火災のあった三宮や元町のような華やかな繁華街の方ではなく、六甲山よりも北の田舎で、比較的被害が少なかった。

と言っても、長引く余震が怖いから、しばらくは、それぞれの部屋で過ごすことはほとんどなく、一つの部屋で家族5人、固まって過ごしていた。

しばらくすると、小学校の傍にあった公園の広いグラウンドが、仮設住宅で埋め尽くされていった。そして、僕が通っていた小学校には、気が付けば転校生が増えていった。

普通、転校生と言えば、入ってきたとしても、せいぜい1年に1人か2人ぐらい。だから、少々、転校生の言葉づかいや習慣が違ったとしても、それほど気にはならない。しかし、そのときは、まとまった人数が転校してきたので、ある種のカルチャーショックを受けた。

彼（女）たちは、同じ年齢なのに、自分たちとは多くのことが違っていた。言葉づかいもその一つだ。同じ神戸でも、大阪寄りに住んでいた子どもたちは、イントネーションや語尾が微妙に違う。

例えば、「何、してるの？」という場合。

僕たちは「何、しとぉん？」と少し、語尾を伸ばし気味にしてやんわり尋ねる。

これに対して、大阪寄りの子どもたちは、「何、してんねん？」と、ややつっけんどん。敏感な僕からすると、ちょっと怒ったように聞こえることがあった。

それから、当時、仮設住宅にはテレビがない家族が多かった。だから転校生に、「昨日、○○（テレビ番組の名前）見た？」と聞いても、「いや、見とらん」という返事が返ってくる。

正直、言葉づかいの違いと、「テレビ」に関する会話が成り立たないことは、当時の僕にとって、かなりの足かせだった。大人になった今なら、違う地域から来たのだから言葉づかいは違っても当然だし、被災直後なんだからテレビがないのは仕方ないと理解できる。もし、相手に「テレビ」の話題が通じないなら、別の共通点を探って、いや、別に共通点がなくたって、天気の話でもなんでも無理やりに話題を探し出して会話を続けられるだろう。

なぜなら、世の中には、いろんな人がいる、と理解しているからだ。しかし、わずか9歳かそこらの幼稚な子どもがそんな融通《ゆうづう》を利かせることはできない。


そういえば、「あいつ、ハミ子《はみご》やな」という風に、周りと少し違いのあった子供を、村八分とまでは言わなくても、仲間外れにするような言葉が流行っていた記憶もある。

とは言え、いまから考えてみると、この「転校生」たちとの遭遇《そうぐう》で、僕は、様々な環境で育った人たちがいること、例え同じ年齢であっても、異質な人が存在するということを無意識に体感したように思う。

この出来事が僕にとって、「人と人との違い」に初めて戸惑う経験だった。

## タテ社会で文化部の体育会系
# 吹奏楽部への入部を決めた日

1999年4月。僕は「お受験」で中学に進学した。

僕が中学・高校時代を過ごした三田学園は、中高一貫の男子校だった。俳優の渡哲也氏が卒業したことでも知られている。偏差値は、まあまあ。

「質実剛健」と「親愛包容」を教育理念としていた。自分に厳しく、人に優しく。

今の僕は、極端に言えば、一人では果たせない多くの目的を前に、いかに上手に力を抜くか、どれだけ人やＩＴの力を借りられるか、ということに意識をおいている。でも、中学高校時代は、6年間の学園生活を通じ、僕は、目の前のことを、気合と努力と根性で乗り切る、人には迷惑をかけず相手を優先して思いやりを持つ、という「一つの自立像」を身に付けた。実際、学校でも、そういう指導や雰囲気が目立った。

あっという間に駆け抜けた6年間だった。でも、この6年間は、少し大げさかもしれないが、僕が大きく変貌《へんぼう》を遂げた時期ともいえる。

まず6年間で変わったのは、「外見《みてくれ》」だ。

中学に入学したころは、背が低く、朝礼とかで並ぶときは、いつも前から2番目か3番目。そのくせ、肉づきは少々多めという、ぽっちゃり体型。顔はまんまるで、丸いメガネをかけていた。まさに「チビ・デブ・メガネ」という三拍子が揃っていたわけだ。僕は、この頃、自分の容姿にコンプレックスを持っていた。

授業中、前のほうの席にちょこんと座っていると、後ろから、ちぎった消しゴムが僕の背中へ飛んでくることもあった。よくテレビで報道されるような深刻ないじめに比べれば、取るに足りないものだったけれど、ちょっとした「イジられキャラ」としての扱いを受けることに複雑な心境を覚えた。自分に自信がなかったのを見透かされていたのかもしれない――。

しかし、その後、僕は少しずつ「市民権」を痛快に獲得していく。

そもそものきっかけは、吹奏楽部への入部だ。

考えてみれば、音楽のある家に育った僕の周りには、いつも音楽が流れていた。だから、音楽の楽しさは誰よりも知っていた。ただ、僕の興味は、音楽以外にもあった。実は僕は、人物、風景、ちょっとした漫画まで、絵を描くことが得意だったのだ。

だから、美術部に入るか吹奏楽部に入るかでの迷いもあったが、入学後、桜吹雪の舞う中で派手に行われた勧誘と、小学校からの腐れ縁の中平の誘いで吹奏楽部に入ることで落ち着いた。彼は後に部長となり、副部長になった僕とともに中高6学年の吹奏楽部を率いることになる。

## 武勇伝にもならない2000年問題
# 「なんでやねん事件」

入部すると、各部員は担当の楽器を決めることになる。

僕は、サックス（サクソフォン）に興味があった。まろやかな音色が好きだったし、背の高い先輩たちが演奏している姿がかっこよく見えたからだ。当時、僕には容姿にコンプレックスがあったから、余計、黄金色の光を放つ楽器を斜めに構えて演奏する華やかさに憧《あこが》れを覚えた。

しかし、サックスは競争率が高かった。みんな、特に経験者というわけでもなく、サックスを希望する動機は似たようなものだったに違いない。でも、当時の僕には、それを押しのけるほどの勇気はなかった。

そんなとき、顧問の先生からバス・クラリネットという楽器を勧められた。

バス・クラリネット、通称「バスクラ」は、クラリネットより一回り大きく、低音部を担う楽器だ。はっきり言って、サックスとかトランペットのように目立つ存在ではない。曲を聴いても、よほど耳が肥えていないと、バスクラの音色を聴き分けるのは難しいものだ。

「小林、バスクラって楽器があるんやけど。どうや？　いいぞ〜！　バスクラ」

先輩も会話に入ってきた。

「せやぞ。バスクラって、サックスと形似てるやろ？　めっちゃレアやから『黒サックス』って言われてるねん。実は」

（えー？　ほんとかなぁ？）

こじつけにしか聞こえなかったが、結局、押しの強い顧問の説得と先輩の巧《たく》みな話術に乗せられ、お人よしの僕は、バスクラを引き受けてしまった。

入部当時の三田学園吹奏楽部はそれほどレベルも高くなかった。県大会に出場できれば良い方。もちろん、先輩たちは大会での結果を意識して、真剣に練習に励んでいる。

コンクールは中学の部と高校の部に分かれていた。しかし、男ばかりで部員の少ない三田学園は高校の生徒だけでは編成が難しい。だから、高校の部でステージに上がるメンバーの半分が中学の生徒なのだ。このあいだまでランドセルを背負っていた中学1年生から、大学受験を間近に控えている高校3年生までが、一緒にステージに上がる。この時期の6歳差は大人と子供ほどの差がある。少なくとも地区内では、こんな学校は三田学園だけだった。

それに、僕はと言えば、中学1年生の間はコンクールに出場するわけでもなく、演奏会に出るわけでもない。担当パートは、希望してもいなかったバスクラ。そのバスクラも、長らく空席になっていたパートだけに、いつからあるのかわからないほど古ぼけていた。

バスクラには先輩がいなかったから、奏法も独学で手探り。最初の内は、適当な教本を買い、呼吸法や基礎練習をただひたすら繰り返すぐらいだった。隣では僕を吹奏楽部に誘った中平が、先輩の指導を受けて、あの黄金色のサックスを吹いている。

（やっぱ、カッコいいなぁー、サックス）

だから…、というと言い訳がましいが、中学1年生の頃は、おせじにも、熱心に練習に励《はげ》んだとは言えない。今だからぶっちゃけて言えるが、練習時間中に先輩の目を盗んでよく落書きをしたものだ。絵には音楽と変わらないくらい情熱があったから、全然、苦にはならない。楽器の練習にいまひとつ身が入らないこともあって、別のところで目立ってやろうと目論《もくろ》んだ。

そのひとつが、ポスターのデザインだ。僕は、中学1年生から高校3年生まで、定期演奏会や文化祭のポスターのデザインを採用してもらった。それから、譜面カバーもデザインした。

そもそも、男子校はタテ社会。年功序列だから先輩を立てる必要がある。だから、本来ならば、デザインも上級生の案が採用されるところだ。そう考えると、少なくとも、中学1年生だった僕のデザインが採用されたというのは、異例なことだった。

ところが、そんな僕が、とんでもない事件を起こしてしまう。

それは、中学2年生で初めて出場したコンクール会場での出来事だ。

吹奏楽部は、毎年夏に「一音入魂」を合言葉にコンクールへ出場する。野球で言えば甲子園大会のようなもので、予選を勝ち上がった学校だけが、全国大会に進むことができる。

中学2年生になった僕は、奏者の一員として初めてのコンクールに立つことになった。その夏のコンクールは課題曲「道祖神の詩」。ティンパニのリズムに合わせて、高鳴る鼓動。朝から晩まで夏休み返上で、蝉時雨《せみしぐれ》の中、音楽のシャワーを浴びて過ごした。

三田学園は、順調に地区大会を突破し、県大会への進出が決まった。兵庫県大会は、毎年、尼崎にある大舞台「アルカイックホール」で開かれていた。

実際に初めてのステージに立ってみると、緊張しながらも、仲間たちと大曲を大きなミスもなく演奏できたことに、達成感を覚えていた。

（これなら金賞は間違いない）

僕は、三田学園の金賞受賞を確信した。

そして、すべての出場校の演奏が終わり、いよいよ結果発表のときがきた。

審査員長が、審査結果を書いた紙をもって、マイクの前に立った。

会場に一瞬、緊張と静寂が流れる。僕たち出場校の生徒たちは、客席から祈るような思いで、自分たちの高校の名前が呼ばれるのを待っていた。

「○○高校、銀賞。○○高校、銅賞。○○高校、金賞ゴールド！」

「ワーッ!!　やったー！」「キャァァア〜〜!!」

金賞を取った高校の女子生徒たちは悲鳴にも似た大歓声を上げ、互いに手を取り合ったり、抱き合ったりしながら喜びを分かち合っていた。

いよいよ、三田学園の番だ。

「三田学園吹奏楽部…」

（次だ！　こい金賞！）

僕は、心の中で叫んだ。

「銀賞」

相変わらず、受賞した高校の生徒たちが歓声を上げ、熱狂と拍手で会場は異常な興奮に包まれている。が、僕のうつろな耳に何も入ってこなかった。

（え？　なんで？　僕らが金賞、ゴールド！　じゃないの？？）

僕の頭は、疑問の渦。

そのときだ。

「なんでやねーん!!」

女子の黄色い声に混じって、会場中に、男子学生の叫び声が響きわたった。

叫び声の主は…そう、この僕だ。

悪意など、もちろんなかった。だが、思わず、声が出てしまったのだ。

なぜ、あれほど良い演奏だったのに、銀賞なのか理解できなかったからだ。それほど、納得できないことだったのだ。

会場の熱気と興奮につい感情が昂《たか》ぶってしまった…、と言えば聞こえはいいが、今考えればやはり若気の至りとしか言いようがない。

確かに、あの場で、大声で審査員に文句をつけるような一言を発したのは、常識外れだった。当然、そのあと大騒ぎになった。吹奏楽連盟でも、コンクールの秩序を乱す行為として問題になってしまったのだ。顧問の先生が連盟から呼び出され、厳重注意を受けた。僕も、許しを請《こ》うため、反省文を何枚も書いて連盟に提出した。

部内でも大きな問題になった。顧問からは大声で怒鳴られ、先輩たちも僕を責め立てた。僕は、平身低頭でひたすら謝るしかない。

こうしてようやく、僕は吹奏楽部に残ることを許されたのである。

## みんなで全日本大会に出場するぞ！
# 100万円のご褒美を手に入れる

石の上にも三年。最初はしぶしぶ始めたバスクラだったけれど、やっているうちにだんだん面白くなってきた。確かにサックスやトランペットのような華やかさはないが、吹奏楽の中でバスクラは、ときどき、キラリと光るソロフレーズを担当することが多い。僕は次第に、その深くて渋みがある音にも愛着を感じるようになっていった。

またそうしているうちに、持ち前の探究心が出てきて、少しでもきれいな音色が出したいと、日々研究するようになっていった。練習は厳しかったが、やりがいも感じるようになっていた。


中学3年の冬のことだ。ブラスバンド部は、夏が大人数の吹奏楽コンクールなら冬は少人数のアンサンブルコンテスト（アンコン）に出場する。僕は、クラリネット5重奏で中学の部のアンコンに出場することに決めた。

メンバーは、同級生と後輩だけ。「なんでやねん事件」以来、面白くない顔をしていた先輩は含まれていなかったから、正直、安心感があった。それに、ここで成績を上げれば、自分は、市民権を確立できるかもしれない、という密かな期待もあった。

そこで、僕はこんな目標をぶち上げた。

「コンクールでは、絶対、全国大会に出場します！」

「はぁ～？　なんやそれ」

「できるんか？」

「そんなん、無理やろ～」

三田学園吹奏楽部は、ずいぶん昔にサックスパートが一度だけアンコンでの全国大会出場経験があったが、他のパートには全国大会への出場実績がなかった。

だから、いきなり全国大会出場宣言をした僕を、先輩らは大いに変人扱いしたのだ。しかし、生半可な決意では、全国大会どころか、県大会に進むこともできないかもしれない。ここは、5人の代表として、退路を断って背水の陣で臨むしかない、と腹をくくったのだった。秋風が冷たかった。

それから、僕は出場団体のリーダーとなり、メンバーの個性とバランスを考えた慎重《しんちょう》な選曲をして、練習の日々が始まった。参考音源で確認しながら、幾つも楽譜に書き込みを入れて、曲を整理した。運指が難しくリズムが乱れがちになるフレーズは、5人の息が合うようになるまで、メトロノームに合わせ、ゆっくり丁寧に何度も何度も繰り返し練習した。

練習を進めていくうちに、僕たち5人には連帯感が生まれ、みんなで全国に行こう、という機運も高まってきた。

そして臨んだコンテストは、まず西阪神地区大会、そして兵庫県大会を突破。とうとう関西大会にまで進むことができた。

関西大会まで来ると、参加校の範囲も広がって、急にレベルが上がる。それでも僕たちは、広いホールを舞台袖から覗《のぞ》き見て、「いつもの演奏を」と誓った。

そして、いよいよ発表のとき。僕たちを含め、金賞を受賞した学校のなかから、代表団体が決まる。

「全日本大会出場校は、三田学園中学校クラリネット5重奏に決定しました！」
「よぉっしゃー!!」
僕たちは、こぶしを突き上げながら、他のどの団体にも負けない大歓声をあげた。

こうして、僕たち5人は関東で開催される全国大会へと進むことができ、見事、銀賞を受賞することができたのである。

僕は、それまでにない充実感と達成感を味わっていた。1年生で、自分の希望とは違うバスクラを担当させられたときは、ちょっとクサっていた。合奏のときだって、バスクラなんて、あってもなくても一緒じゃないか、と思ったときもあった。

でも、いま僕は、出場メンバーをリードする存在になっている。そのうえ、先輩たちでさえできなかった「全国大会出場」という成果を広いホールにたった5人で残すことができたのだ。

関西と関東。今は東京を拠点に生活し、住み慣れてしまった。だけどあの頃の僕には、地区大会から全国大会という距離で意識していたことと思うと、何だか感慨《かんがい》深い。あの大舞台を共にした仲間には本当に感謝している。

そのころから、少しずつ周りに変化が起こり始めた。

最初は変人扱いしていた先輩たちも、見事「有言実行」してみせたことで、明らかに見る目

全日本アンサンブルコンテストに出場
（曲はバッハ作曲「イタリア協奏曲」）

が変わった。

中等部と高等部の全生徒に配布される校内新聞にも、全国大会出場のことが僕のコメントと写真付きで一面に掲載された。学校での僕のステイタスが一気に上がり、クラスでも一目置かれる存在になっていた。


そんなある日のこと、顧問の先生に呼ばれ、職員室に行った。

「先生、なんですか？」

「見てみぃ。バスクラ、買うたぞ」

「え？」

「しっかり練習せえよ」

「はい」

半信半疑のまま、渡された楽器ケースを開けると、新品のバスクラが入っていた。なんと、顧問の先生の口添えで、吹奏楽部は100万円のバスクラを購入していたのだ。

そのバスクラは、フランスの一流楽器メーカー、ビュッフェ・クランポン社製の「Prestige」だった。これは、クラリネットのなかでも最高峰のブランドで、「クラリネットの王様」とまで呼ばれている。

この楽器のことは、カタログを見て知っていた。

(やっぱ、プレステージ、かっこいい。きっと、いい音が出るんだろうな…)

とはいえ、値段が値段だけに、演奏することなど夢のまた夢だと思っていた。楽器をやったことがある人なら、誰にも似たような経験があると思う。当時、古ぼけたバスクラとカタログを見比べては、ウットリため息をついていた。

でも、カタログで見た、憧れの楽器が、いま、目の前にあるのだ。

「うおぉ〜!」

僕は、あまりにうれしく、大声をあげてしまった。

当時、資金面のことは詳しく知ることはなかったが、いくら学校から予算が出るとは言ったっても、100万円の買い物をするのは、簡単ではない。

吹奏楽部は低予算だった。活動していた部室も文化部と運動部では、差があった。野球部やサッカー部など、学校からの関心が強かった部活にはコンクリート建ての部室があったけど、文化部の部室は、木造で年季が入っていたから、風が吹けばガタガタと音がした。校舎自体が、国の登録有形文化財になっていたため、むやみに改装できないという事情もあったようだが、それは措《お》いても、お世辞にも環境に恵まれていたとはいえない。

そんなふうだったから、当時の買い物としては、一番高かったことは間違いない。顧問の先生が、全国大会の実績を引っ提げて懸命に学校に掛け合ってくれたのだと、大人になった今なら、その大変さや有難さが十分に理解できる。

と言っても、僕が先生に抱いていたのは、とても厳しい、という印象だ。身長はそう高くもないのに、指揮台に乗ってタクトを構えると、巨大な男に見えた。練習不足がバレると指揮棒が飛んでくる。不満そうな表情をしていることも多くて、ビビっていた。ましてや、6学年の吹奏楽部のなかで中学生の僕のことを気にかけてくれているとは、夢にも思わなかった。

でも、そんな日ごろからコワい先生が、自分を認めてくれていたことが、とてもうれしく、励みになった。

そして、僕は高等部に進んだ後、ますます部活にのめりこんでいった。

その一方で、僕は大学受験の準備も進めていた。

僕が、音楽と絵が好きなことはすでに書いたが、それ以外に数学も好きだった。

自称「数学おたく」の僕は、『大学への数学』という月刊誌を愛読し、せっせと難問・奇問を解いていた。一つの問題に対して答えは一つ。しかし、その答えを導き出すための別の解法、つまり別解をたくさん示すのが面白かった。

難問が解けた時のカイカン、という変態的なやつも僕には分かる。勉強の成果が出て、模試でも数学と物理だけは成績優秀者のなかに入ることができた。

僕は、国立大学の理系学部に進学し、将来的には何らかの職について、音楽も続けているのだろう、という漠然とした将来像を抱いていた。

そして、受験に関しても、僕は、アンコンのように、「背水の陣」で臨みたかったから、高校2年の進路相談で担任に、再び変人扱いを覚悟で、生意気にこう伝えた。

「先生、おれ、東大、受けます。東京大学です」

そして、実際に夏休みには東京大学の安田講堂にまで下見にも行った。

今にして思えば、高望みだったかもしれない。でも、そのときは、何が何でも東大に行くぞ！　と、自分を鼓舞していた。それほど「今の自分ならできる」というアツい確信があった。


もう、その頃には「チビ・デブ・メガネ」の小林春彦はいなかった。

身長も伸び、体型も変わった。色気付いて、メガネもコンタクトに変えてみたりした。

そして、高等部になってからは、副部長を務め、部長の中平を補助しながら部内をまとめることになり、忙しい日々を送ることになった。でも、精神的にはとても充実していた。

しかも、高等部に上がってからの吹奏楽コンクールでは、関西大会で金賞、兵庫県大会でもグランプリ（最優秀賞）を受賞、と僕の入部当初とは全く違う結果を叩き出していったのだ。

僕は、中学・高校を通じて頑張ってきた部活の集大成にふさわしい結果も得て、心の中は、仲間たちと完全燃焼した後の達成感で満たされていた。


僕は障害者となってから、自分の困難を周囲に理解してもらえないと悩んで、時には絶望し、悲嘆にくれていた。だから、障害が僕に苦悩をもたらしたことは確かだ。でも、苦悩は障害の有無にかかわらず大なり小なり人として誰にでもあるものだ。

僕にだってあった健常時代。容姿のことなどでイジられキャラにされたり、調子にのって部活で先輩に睨《にら》まれていたり…と、いろんな悩みがあった。

障害者には感嘆符と疑問符が付きまとう。

僕が失敗したときには「障害者だから（やっぱり！）」、一方、僕が成功したときには「障害者なのに（どうして？）」と言う。そのように短絡的に片づけたがる人が世間には多い。そのことに、今の僕は違和感を覚えるのだ。「これは障害があるから大変なこと。これは障害がない人でもしんどいことだよね」。そんなふうに説明することもある。

2005年1月、いよいよセンター試験の日がやってきた。

僕は、高3の8月に部活を引退して、がむしゃらに勉強したすべてを試験にぶつけた。が、残念ながらセンターの得点が足りず、この年の二次の東大受験は諦めざるを得なかった。

私大も考えはした。しかし、勉強が面白かったのと、東大への未練や勉強不足を認め、僕は早々に「浪人」という決断をした。

## ＪＲ福知山線脱線事故発生

# 一本の電話に悪寒が走った

大学浪人を決めた僕は、２００５年４月から、大阪の予備校に通い始めた。

４月25日。晴天で少し汗ばむ日だった。

その日も、予備校の授業に出席するために、家を出て、ＪＲ三田駅へと向かった。

駅に着くと、電車がまったく動いていない。

構内アナウンスが、繰り返し流れていた。

「事故のため、現在、電車の運転を見合わせております」

(何かあったのか？)

しばらく様子を見ていたが、電車はすぐにも動きそうにない。規模はよくわからないが、事故が起きたなら、運転再開までそれなりに時間がかかるだろう。ならば、いったん、引き返したほうがいいかもしれない。そんなことを思いながら、取り急ぎ、自宅に電話した。

「もしもし、おれ。なんやＪＲ、動いてないんやけど…」

「春彦？　大変大変！」

「大変？　なにが？」

「今TVを見てるんだけど、すごい事故が起きてるの！」

「すごい事故？　そうなんや。わかった」

母から、大きな事故が起きたということは聞いていたが、その時は、まったくの他人事だった。あの連絡が来るまでは…。

事故から3日経った早朝。吹奏楽部で一緒だった中平から連絡が来た。

4月28日。

「なんか、春菜ちゃん、行方不明なってるとか。よく分からんけど」

春菜ちゃんは、僕の同級生。三田学園のすぐ近くの中学・高校に通い、吹奏楽部に所属していた。定期演奏会のアンケートに僕の演奏のことを熱心に書き込んでくれていたので、中学の頃から名前には馴染みがあった。

「春彦ちゃんのバスクラめっちゃよかった～！　ソロもさいこ～！」

こんな感じで、ふざけているのか勢いなのか、僕の演奏を星やハートのマークをキラキラにつけてホメてくれる、女学生らしいコメントが多かった。

中学校の文化祭に来てくれたとき、僕の方から遊びに誘ったことがあった。

「今度、先生らの出る第九のコンサート、行かへん？」

ちょっと強引だったかな、と一瞬思った。

でも、春菜ちゃんは、ニッコリ笑って、「うん、行こっか！」と即答。「第九」のコンサートは年末恒例で、三田市内の中高生の演奏会場としていつも使われていた三田市民会館で、市民オーケストラと混声合唱団が出演していた。

実は、当時の三田学園吹奏楽部の顧問の先生と彼女が所属していた中学の吹奏楽部の顧問の先生は、ともに同じ音楽大学出身の学友で、二人ともこのオーケストラに所属していたので、共通の話題が多く、話も早かった。

春菜ちゃんにしてみれば、「どうせ行くから」ということだったのかもしれない。とにかく、僕にとって人生初のデート。それがきっかけで僕たちは連絡を取り合うようになった。

当時の中学生は、よほどマセていないと、携帯電話はおろか、ＰＨＳさえ持っていなかった。だから、連絡をとるのにも家の固定電話か連係プレーで友達伝えに封をしっかりした手紙を渡したり、と一苦労。それでも花火を見に夏祭りへ行ったり、武庫川の河原でコンクールの課題曲の練習をしたりするようになっていった。

春菜ちゃんは、周囲も認める「ド天然」。ただ、みんなをホッとさせる、ふわふわとした掴《つか》みどころのない可愛らしさがあった。阪神タイガースのファンで、阪神が勝ったときには、野球のルールも知らないのに、ゲームの結果を嬉しそうに話していた。僕のことを「春彦ちゃん、春彦ちゃん」と一人だけ友達同士の中でも呼んでいたらしい。

（おれは家族にだって、そんなふうに呼ばれたことはないぞ）

それが妙にツボで、僕も影響を受けて、彼女のことをふざけて、「春菜ちゃん、春菜ちゃん」と呼ぶようになっていた。


春菜と春彦で、互いの名前に「春」が入っていたので、ときどき、名前の話にもなった。彼女は4月の生まれだから、「春」が入っていても、全然不思議ではない。でも僕は、12月生まれ。冬の真っただ中だ。

「12月に生まれたのに、なんで『春彦』なん？」と、春菜ちゃんが訊《き》いてくる。

僕は、「それな、オカン（母親）が12月は旧暦では『新春』になることもあるからってさ」と か「オトン（父親）が漢詩とか好きやから、国語学者の金田一春彦さんにちなんで付けたっぽい」などと、呑気《のんき》に説明したものだ。

料理が好きで、部活の大会の応援に、手作りのお菓子を差し入れてくれることもあった。

事故に遭うまでの短い期間だが、栄養士を目指して大学に通っていた。

お互いに別の高校に進んだけれど、僕らはクラリネットを続けていて、時々、一緒に楽器の練習をしたり、連絡を取り合っていた。合同演奏で同じ舞台に立ったこともある。


その春菜ちゃんが行方不明、ということを聞いて、思わず血の気が引いた。

（は？　行方不明？）

「何言うてんねん！　ちゃんとしたこと言わんかい！」

あまりにも突然のことに、知らせをくれた中平に逆ギレしてしまった。

（きっと何かの間違いに違いない）

僕はそう自分に言い聞かせながらも、居ても立ってもいられなかった。一刻も早く、春菜ちゃんの無事を確かめたかった。

受話器を置くと、すぐに春菜ちゃんの自宅に駆け付けた。


玄関を開けると、男性二人が、春菜ちゃんの両親に土下座をして詫《わ》びている様子が目に飛び込んできた。

（え、なんで、土下座？）

僕は、見慣れない光景を目の当たりにして、戸惑いとともに強い胸騒《むなさわ》ぎを覚えた。

気を取り直して辺りを見渡した。

するとすぐに棺桶《かんおけ》が目に飛び込んできた。その白い棺の上にはクラリネットが置かれていた。

（そうか……）

家へあげてもらうのと入れ違いに出て行った土下座をしていた男性たちが、ＪＲの職員だったことが分かった。春菜ちゃんのお母さんは当日、朝のＴＶで事故を知って、携帯電話に何度かけても出ないことに青ざめたこと、お父さんはそれから2日、真夜中に現場周辺の病院を巡って娘の特徴を紙に書いて回り、少しでも手がかりがないかと奔走《ほんそう》されたこと、最終的に尼崎の体育館の遺体安置所で見つかったことを、眼を赤くして話してくれた。

そして、翌朝、春菜ちゃんは無言の帰宅をした。

朝、「行ってきます」と言って元気に大学へ出かけた娘が、行方不明になり、必死で探しまわった挙句、変わり果てた姿で目の前に戻ってきた。ご家族の悲しみは、まさに筆舌に尽くしがたく、察するに余りある。

(これって、現実?)

僕はただ、クラリネットと棺桶を茫然と見つめていた。悲しみというより、目の前への疑いと虚無感が僕を支配していた。

気がつくと、僕の目からボロボロと涙がこぼれ落ちていた。全身から力が抜けて、思わずご遺体の前で泣き崩れてしまった。彼女のご家族も、棺桶を囲んで嗚咽号泣《おえつごうきゅう》していた。命のない本人の姿よりも、周囲の方がよっぽどリアルで、改めて春菜ちゃんの死を現実として受け止めざるをえず、僕の悲しみは一層、深くなった。

春菜ちゃんは、僕の友人であり、音楽仲間であり、心を許せる初めての異性だった。

ほんの1週間ほど前、携帯のアドレス末尾に数字が打たれてあった彼女の誕生日に電話でお祝いを告げたばかり。

「誕生日、おめっと～！　また今度、会えたらええな！」

「ありがとお。うん、会おう、会おー」

しかし、再会は叶《かな》わなかった――。

あれから、もう10年の歳月が経とうとしている。

講演の前、お盆休みで帰省したときに春菜ちゃんに会いに行った。

飾られた遺影に目を向けると、18歳のままの春菜ちゃんが、優しく前を向いていた。その「未来への希望」をたたえたままの微笑みが、逆に僕の胸に突き刺さる。

その一方で、僕の障害者手帳には、生気の失せた18歳の少年がいる。

――「未来への希望」と「未来への失望」

18で時を止めた二人の表情は、まるで対照的だ。

「未来への希望」を抱いて生命を失った少女と「未来への失望」を抱えて生きていくことになった少年が、古い写真の中に閉じ込められている。

人は、紙一重のところで生死を分ける。

春菜ちゃんは、あの時間に電車に乗り合わせたために、命を失ってしまった。

一方、僕はと言えば、大病に倒れたが、一命を取りとめて後遺症を抱えて生きていくことを余儀なくされてしまった。

あの時間、電車に乗ってなかったら…

あのとき、病気に倒れていなければ…

時を止めた彼女の遺影と、僕の障害者手帳の前で、いくつもの「たられば」が、浮かんでは消えていく――。

もし傍《そば》にいたならば、栄養士を目指していた春菜ちゃんのことだから、雑な生活をしている東京での一人暮らしの僕を見て、「ちゃんと、食べてる?」とでも心配してくれるのだろうか。

標準語で話す僕を見て、「わ〜、めっちゃ東京の人やん」なんてツッコミでも入れてくれるのだろうか。

いろいろな妄想が続いたけれど、残酷なのか、幸いなのか。

写真の向こう、僕の生きる世界は、時が流れた。

そして僕は、彼女のいない10年の出来事を、講演で語る――。

18歳のビッグバン　第2章

# 診断名
# 「右中大脳動脈閉塞症・広範囲脳梗塞」

## 景色が歪んで遠のいていく意識「朝までが峠だろう」

福知山線事故では、多くの方が事故に巻き込まれて亡くなった。事故が起きたのは通勤・通学時間だった。当然、被害者も沿線付近の地域に集中していた。顔見知りの人の名前を聞くと、僕たちは胸が痛んだ。


「春菜ちゃん、おれらで弔《とむら》うことはできへんやろか」

「ほんならさ、追悼演奏をやるんは、どないやろ？」

いつしか、音楽でみんなを見送りたいという話になった。

言い出しっぺの僕が急ぎ声をかけて駆《か》けつけてくれたのは2人。男友達として僕も交友のあった松ちゃん、そして春菜ちゃんと仲良しだったゆいちゃん。2人は春菜ちゃんと同じ中学で、一緒にクラリネットを吹いていた。僕らは4人とも市内の違う高校に進学したし、高校卒業後も、それぞれ別の進路を選択していた。

三田市は、山と川に囲まれた狭い田園都市だ。みんな、チャリで田舎道を少し走ればすぐに集まれる距離に住んでいる。

春からの新生活が始まったばかりのときに、複雑な気持ちで早くもの再会をした3人が選んだ曲は、スウェアリンジェン作曲の『ロマネスク』。演奏会ではアンコールなどでよく演奏した定番の曲だ。できれば少しでも思い出深い曲を、と思って選曲した。

手に入った楽譜は中平が所有していたサックス四重奏のものだったが、仕方なくクラリネット三重奏の楽譜に編曲し直すことにした。

ご遺族の許可もいただいて、合同葬の最後に演奏をさせてもらえることになった。

通夜のあと、僕たち3人は、一睡もできずに楽器を練習していた。

「あいつ、ほんっまにド天然やったやんなぁ」

「なんか全然、現実感ないよね…」

「この曲、あと一人、クラを吹いてくれるやつおったらなあ…」

春の夜風が吹く真夜中すぎ、口々に春菜ちゃんを意識したような会話が続く。

ほんの数日間で、選曲、編曲、練習をするという、かなりのハードスケジュールだったが、まだ若かったたし、仲間を送り出すのに、できる限りのことをしたかった。

そして、事故から5日後の4月30日。

僕たちは、夜明けとともに楽器を抱え葬儀へと向かった。こんなに悲しい気持ちで演奏するのは、初めてだった。優しいはずの旋律が、哀しみを帯びている。

（ちくしょう、くそう！）

震える運指がアンサンブルを乱していた。

演奏をしたからと言っても、何かが変わるわけではない…。それでも、あの時の僕は、勉強時間はおろか、睡眠時間を削ってでも、追悼演奏をやり遂げようと奔走したのだった。

人が死んで悲しむ理由は、寂しいからじゃない。（死んだ人間に）やり残したことがあるから。

「またな！」

追悼演奏を終えた3人は、大きく手を振って葬儀場を後にした。


人生なんてあっけない。明日は我が身だ。

「また今度」、という約束を人はどれだけ果たせるのか──。


合同葬から3日後の5月3日。僕は、また、一予備校生に戻って、授業を受けるため、大阪の予備校に向かった。

まだ5月というのに、とても暑い日だった。

その日は事故の影響で尼崎駅の前後がＪＲは動かなくなっていたから、宝塚駅で阪急電鉄に乗り換えて梅田駅を目指した。世間はゴールデンウィークということもあって、大阪は人ごみでごったがえしていた。梅田のシンボル、HEPFIVEの赤い大観覧車が映《は》えている。僕は大阪の青空を見上げていた。

ちょうどその時だ。僕は突然、ものすごく気分が悪くなった。「ん～」という声を発した瞬間、目の前の景色がゆがみ始めた。身体も動かなくなって、倒れこんだ。しばらくは意識があったような気もするけど、そのうち言葉も出なくなってしまい、次第に意識が遠のいていった…。

そこから後の記憶はない。

後から聞いた話では、不自然に倒れた僕に気が付いた誰かが、救急車を呼んでくれたようだ。その「命の恩人」が誰なのか、今でも知らない。

よく、倒れたときのことを尋ねられるけれど、そのとき、まったく前兆や予兆のようなものはなかった。前日も、当日の朝も、特に際立った変調は感じなかった。

救急車で天満の北野病院へと搬送された僕は、緊急手術が必要だと診断された。僕が倒れたという連絡を受けた父と母は、とるものもとりあえず駆けつけたそうだ。それに僕自身が意識を失っていたため、緊急手術の同意書にもサインをしなければならず、かなり焦っていたに違いない。しかも、福知山線が事故からまだ復旧していなかったので、大阪には車で向かわなくてはならなかった。電車なら1時間もあれば来れるところが、車だと時間がかかる。

救命のための開頭手術で一命は取り留めたものの、担当医からは、「朝までが峠」と言われていたようだ。「あと少し運ばれるのが遅かったら、命はなかったかもしれませんよ」などと後できくと、かなり危険な状況にあったことには変わりない。僕の容体が深刻だったために、万一の事態に備えて、姉妹と親戚も集まっていたようだ。

そこから僕は、およそ1か月もの長い間、昏睡《こんすい》状態で過ごすことになる――。

集中治療室で目が覚める

## まるで「金魚のまばたき」

1か月間、眠り続けた後、僕は意識を取り戻した。薄暗い部屋のベッドに寝かされていた。

(なぜ、寝かされてるんだ…?)

(ここは、どこ?)

(今日は、何日?)

(えっと、これって、誰の身体?)

錯乱状態に陥っていた。様々な疑問が次々に浮かんでは答えを出せぬまま消えていく…。

何とか自分を落ち着かせ、状況を確認しようとしたが、起き上がることも、手足を動かすことすらできなかった。

周囲を見渡したくても、室内は薄暗く、何もはっきりとは確認できない。頭には包帯が巻かれているようだし、尿道にも管が入っている…。近くでは心電図みたいな機械がピコピコ動いている…。鼻と口は人工呼吸器の酸素マスクで覆《おお》われ、人差し指には洗濯バサミのようなものが付けられ、そこから伸びた線は機械に繋《つな》がれていた。それに、なぜか坊主になった頭に大きなチューブが差し込まれ、容器がぶら下がっていた。中には自分のものとは信じられなかったけれど、真っ赤な血液が溜《た》まっていた。腕には点滴も何本かされていた。

僕が寝かされている場所がＩＣＵ（集中治療室）だということが、ぼんやり理解できてきたのは、それからしばらく時間が経った後のことだった。

当時は、ＩＣＵという言葉すら知らなかった。ただ、うす暗さが不気味に感じられ、周りに寝かされている患者は心電図で管理され、たくさんのチューブが付けられていた。そんな様子から、容体がかなり重篤《じゅうとく》な人が来るところなんだな、と思った程度だ。

（なぜ、こんなところに…？　宇宙人に誘拐され、人体実験に使われているのか？）

ツッコミはたくさんあるかもしれない。だけど、僕の思考回路は完全に混乱してしまって、幻覚と幻聴にもうなされ、ただ現実離れした妄想だけがとりとめもなく広がっていった。

よく、日常会話で、「パニクる」と気安く言うことがあるが、リアルなパニックとは、そんな生易《なまやさ》しいものではなかった。猛烈《もうれつ》な不安と戸惑いと焦燥感《しょうそうかん》がマグマのごとく一気に噴《ふ》き出して、ついには心身を破裂させてしまうかのような、コントロールのできない恐怖感に襲《おそ》われるのだ。

看取られたらしく、ブルーシートで覆われ、ＩＣＵから運ばれていく人もいた。


ほどなく、両親が面会に来てくれたが、その時の僕は、両親の顔すらわからなくなっていた。

（え、誰？　この人ら、誰だっけ？）

「春彦、大丈夫？　わかるか？」

看護師が、あらかじめ説明してくれたことやそのときの状況から、その人たちが両親であることは、一応、「事実として」理解はしていたものの、実感がわかなかった。

錯乱状態の僕にとって、両親の面会すら、戸惑いの一材料でしかなかった。


目覚めた直後は、まだかなりの意識混濁《こんだく》が残っていた僕も、時間の経過とともに徐々にではあるが、周囲の状況が何となく、把握できるようになっていった。

医者から知らされたのは、僕は脳を手術された、という事実だ。

そして、僕が「右中大脳動脈閉塞症・広範囲脳梗塞」という、何やら聞くからにヤバい病気にかかり、生命の危険にさらされていたことが医師から告げられた。

「僕、事故に遭《あ》ったんですか？」と聞くと、医者は、

「小林くんは、頭の中で事故に遭ったんだよ」という変な説明をしてくれた。

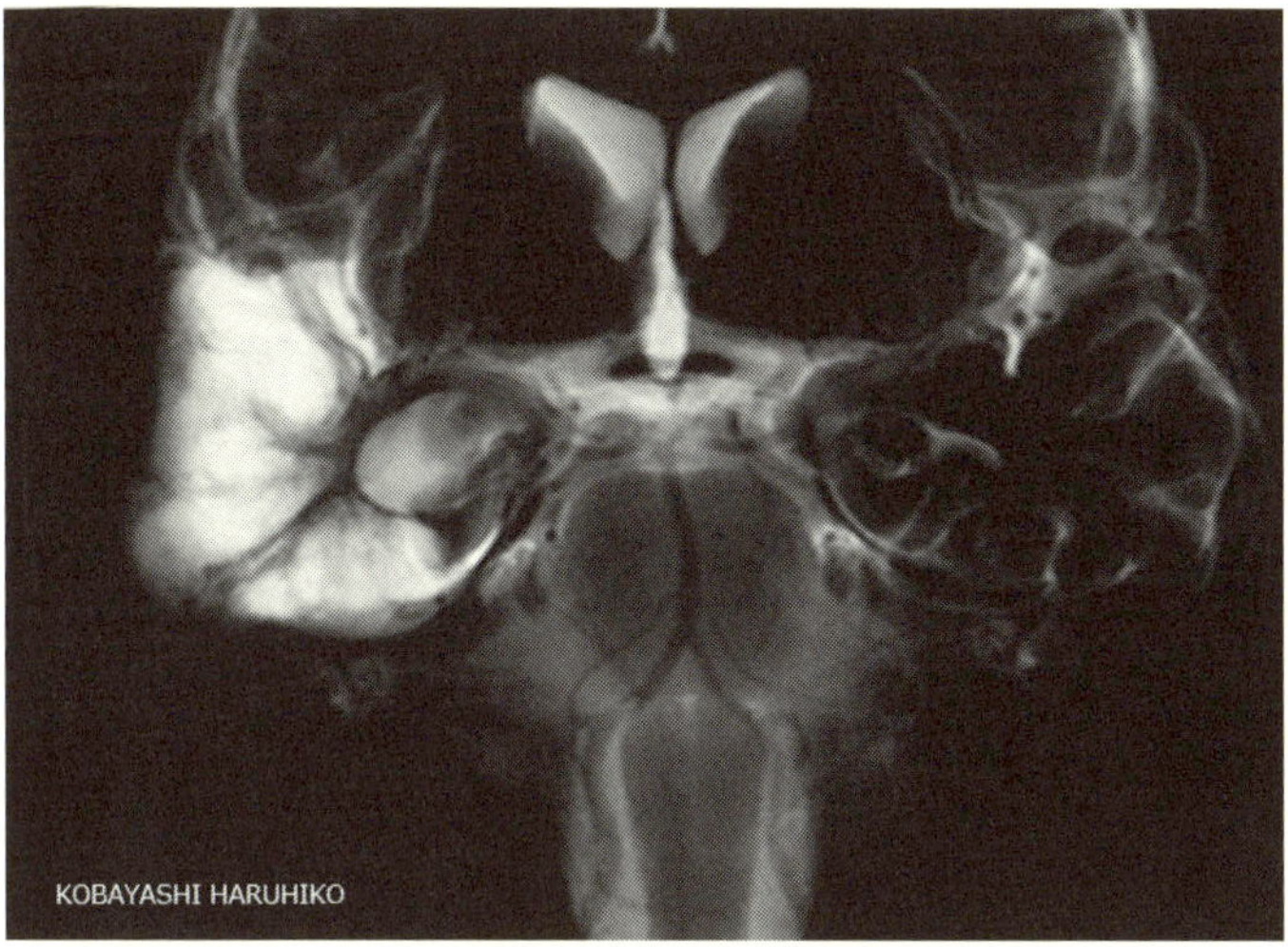

右脳（向かって左）が壊死し、レントゲン写真では白くなっている

（頭の中で事故？　なんだ？　それ。そんなことがあるのか？）

しかし、レントゲン写真を見ると、確かに、右脳（向かって左側）が左脳と比べ明らかに真っ白だった。白くなっているのは壊死していたからで、素人目にも、明らかに異常があることがわかった。だけど、僕がそのとき抱いた印象としては、よく言う、「頭の中が真っ白になった！」という驚きではなく、「頭の中が真っ黒になった！」という直感的な未来への不安だった。

僕が受けた救命手術は全身麻酔を施《ほどこ》したもので、一晩中かかる大手術だったそうだ。聞けば聞くほど、自分が大変な病気を患《わずら》っていることがわかり、気味が悪くなった。

異常は、日常的な動作にも表れていた。

分かりやすいのが、「顔面麻痺」。口をしっかり閉じているつもりなのに、左側からよだれが出てくる。歯の治療で、麻酔されると、一時間ぐらいは唇のあたりがしびれて、うがいをすると水が漏れてしまうことがある。あれと同じような感じだ。

それから、左目のまばたきも上手にできなかった。自分では、両方とも同じように、まばたきをしているつもりだったが、左目は、眼だけが動いて、まぶたがきちんと閉じていなかったようだ。家族からは、「金魚のまばたきみたいだった」と後になって言われたものである。

### 恐怖の13階・脳神経病棟

## 精神安定剤で耐える真夜中

目が覚めてからしばらくは、天国か地獄か地上か、戸惑いの連続だったが、身体のほうは徐々に落ち着きを見せ、ある日、ＩＣＵから一般病棟に移ることになった。

僕は個室に入れられた。

僕の運び込まれた北野病院は、パイプオルガンまである巨大な総合病院だったが、脳神経科の病室は13階に位置している。ふつうなら高いところから見下ろすと景色が良く、気持ちが晴れるものだ。でも、ちょうど梅雨時だったせいか、個室の窓から見えるのは、低く垂れこめた黒い雲ばかり。窓にはいつも無数の雨粒が張り付いていた。

真夜中、消灯後、鍵のついた狭くて薄暗い病室にたった一人。ベッドにあおむけになって、天井を見つめていると、自分だけ宇宙空間に放り出されたような心細さに襲われた。

それに追い打ちをかけたのが、夜中になると、どこからか聞こえてくるうめき声だ。

「うぐぅ～～」

「ぬぉ～～～」

脳や神経系の、精神の病気で入院している患者たちの声だった。

まるで断末魔《だんまつま》のような叫びが、耳をふさいでもふさいでも聞こえてくる。ぐっと頭から布団をかぶりたいところだが、骨のない坊主頭に負担をかけられないので、それもままならない。

術後、抜糸《ばっし》も終わっていない頭皮だけの頭は柔らかい枕で大切に守らなくてはならないのだ。

そうかと思えば、今度はドアをドンドンと叩くような音も聞こえてくる。

(もう、いいかげんにしてくれ!)

消灯後の病院は、それだけでも不気味だ。それでも、うめき声や物音が聞こえたとき、誰かと言葉を交わせれば少しは気分が落ち着いたかもしれない。でも僕は、個室で、いつも、一人ぼっちでそれを聞いていた。自然と全身に力が入り、その声を聞くだけでぐったり疲れた。

それでなくても不安だったのに、夜毎に聞こえてくるうめき声で、寝付けない夜が続いた。

僕は、精神科の先生にお願いして、安定剤と眠剤を飲み始めることにした。

おれは赤ん坊じゃないんだ

## 四つん這いで「ハイハイ」を始める

それでも、身体のほうは、少しずつだが、快方に向かっていった。

ＩＣＵから一般病棟に移るとき、僕はベッドに寝たまま「ベッドごと」運ばれていったが、その後、「車いす」での移動もできるようになった。

「ＩＣＵから一般病棟へ」「ベッドごとの寝たきり移動から車いすでの移動へ」

この二つの事実をみると、事態は明らかに好転しているように思うかもしれない。

ところが、この後、僕は様々な「壁」に突き当たることになる。

早くもリハビリ開始とともに、その第一の「壁」がやってきた。

一般病棟に移ると、しばらくしてリハビリが始まった。

寝たきり生活が長かったので、当時、僕の身体の筋力はかなり委縮していた。しかも、半身不随の状態だったので、リハビリは、左半身を擦《さす》って刺激を加えたり、ベッドに身体を起こして座る、というような初歩的なことから始まった。

車椅子に乗れるようになると、「ハイハイ」の指導を受けることになった。

18になる男が、四《よ》つん這《ば》い。

「ハイハイ」は、まだ歩き始める前のゼロ歳児でもできる動作だ。いくら筋力が落ちたからと言って、「ハイハイ」くらいなら、腕さえ動けば、簡単にできるだろう。そうタカをくくっていた。ところが、いざ「ハイハイ」しようとしても、身体のどこに力を入れれば進めるかすらわからなくなっていたのだ。

まず右手を挙げ、右手を床についたところで左手をあげ、右手よりも先の位置に左手をつき、身体を前に引き寄せるようにする…。そんな感じで、一つひとつの動作を「考えながら」でないと、何もできなかった。一連の動作について、「動き」に指令を出す脳と、それを受けて、「動き」を表現する身体がいちいち反応してくれない。

左半身の身体を見つめていると、その麻痺・硬直・痛覚が、どれをとっても脳に原因があるからだとは、とても思えなかった。その身体の部位に問題があるように思えてならなかったから、脳と神経と身体の繋がりが不思議だった。

本格的なリハビリを始めたころは、梅雨時で雨の日が多く、いつも空がグレーに曇っていたことも手伝って、僕の気持ちは日に日に沈んでいった。

「ハイハイ」をようやくクリアできるようになったら、今度は平行棒や歩行器を使って歩く訓練に入った。歩行器は赤ちゃんが乗るものとは少し違い、コロコロと足の付いた装置に身体を預けながら、前に進んでいくような形になっている。

確かに前のめりになったら、歩行器が危険を伴わないように支えてはくれるが、それを使ったからと言って、すぐに思うように歩けるわけではない。最初は、左足が粘土でも巻かれたように重く、二、三歩を踏み出すのすらままならなかった。

毎日のリハビリは、単純作業の繰り返しで、ノロノロとカメの歩みに似ている。少しできるようになったかと思えば壁に当たって、それを乗り越えるために、また何度も何度も練習しなければならなかった。

それに、リハビリや検査以外の時間は、ぼーっと、テレビを見るぐらいしかすることがなく、退屈を極めた。普段見ていたテレビにしたって、おもしろくも何ともない。脱線事故を起こしたJR西日本の幹部たちが、記者などからキツイ関西弁で罵声《ばせい》を浴びる場面や事故の重大さを伝える現場の映像が、何度も何度も映し出されていた。

（おれは、部外者、だもんな…）

そんな気の重い生活の中では、勉強のことも気になったが、なかなか単語帳を開く気分にもなれなかった。

リハビリを根気よく続けていくうち、身体のリハビリのほうは少しずつ成果が表れていった。

一方、意識のリハビリはと言えばほとんど放置状態で、頭の中に霧がかかっているような感じが長い間抜けなかった。

ある日、見舞いに来る両親に向かって、「なんで、春菜ちゃん、見舞いに来《こ》ーへんかなあ？おれの病気のこと、知ってるん？」などと尋ねて、唖然《あぜん》とさせたこともあった。

友人が見舞いに来てくれた時も、どの人が誰なのか、ほとんど識別はできなかった。

そういえば、当時、不思議だったのが、久しぶりに会いに来てくれた部活の先輩後輩同級生たちが、なぜかみんな帰るときに涙ぐんでいたことだ。ぐるぐるに白い包帯を頭に巻いていた僕の将来を憂《うれ》いてのことなのか。それとも僕の様子をみて、死期が迫っているとでも思ったからなのか。未だ、自分でもその真意を確かめたことはないが、友人すら見分けがつかなくなっている、とぼけた僕に憐憫《れんびん》の情を感じていたことは間違いないだろう。

## 病室のコスモロジー
# 狭い個室で語り明かした夜

主治医は、このとき、僕のことを「一過性全健忘《いっかせいぜんけんぼう》」という、いわゆる記憶喪失だと説明していた。「一過性」という名前のとおり、一般的には短期間で回復すると言われている。

ところが僕の場合は、友人たちが、記憶を取り戻す助けにと、部活動の写真や演奏していた音源などを差し入れてくれたにもかかわらず、それらを見聞きしても、一向に病状の改善がみられなかった。両親や友人たちの努力とは裏腹に、僕の病状には回復の兆《きざ》しすら現れない。

この頃の僕は、周囲の人が僕を記憶喪失者扱いし始めたと勝手に思い込んでいた。だけど僕も実際に誰が誰だか分からず、会う人それぞれに対し「あなた、誰？」という感覚があった。

僕の内側と外側で共有できない何かがあるような感じがしていた。だけど、心身ともに限界に近かった僕は、落ち着いて自分を批判できるほどの余裕はなかった。

そんなことが続くうち、僕の心の中は、焦りと苛立《いらだ》ちでいっぱいになっていった。

（おれ、受験生やろ。こんなんしてる場合ちゃう！　時間、もったいない…）

まだ、元気に走り回っていた懐かしい夢から、目が覚めた時。

何を期待するというのか、慌《あわ》てて両手をグッと同時に握りしめてみる…。

しかし、それも、絶望のための答え合わせ。

思い通りに動かない重くて痛いだけの左手足に、自分でも嫌気がさしていた。

どんなにジタバタしても、事態が急激に好転するわけではないことくらい分かっていたが、不安は募《つの》る一方だった。若さとは性急なものだ。

少し前まで難なくできていたことが「できない」。自分の身体に何が起きているのかが「わからない」。そのことを周囲に説明しても「わかってもらえない」。

当時の僕は、この「できない」「わからない」「わかってもらえない」という悪循環に苛《さいな》まれていた。

それまでの「小林春彦」がぐちゃぐちゃになって、舵取《かじと》りのないドロの船に乗り込んだ心境だった。思えば、僕は、この頃から、気持ちだけでなく、自分の状態を正しく説明するための「人とつながる」言葉を獲得する必要性を感じていたように思う。

それこそ自分の感覚を誰とも分かち合ってもらえない地球に訪れた宇宙人のように、孤独感に狭いベッドで独り、涙した夜もあった。


そんな僕のことを気遣って、入院中は、父や母が時間をやりくりして、病院に来てくれた。

父は、僕が入院している病室の簡易ベッドで一夜を過ごし、語り明かして翌朝そのまま職場に行くこともあった。

「もう、きつい。なんで、おれがよ…」

両親が来るたびに、僕は、苦しい思いをぶちまけては、駄々をこねていた。

その姿を見て、父と母は、それぞれ、いろんな話をしてくれた。

「うん、うん。辛いなあ。春彦も大変と思う。お父さんだって、小さいときには、『ネフローゼ』という当時は重い病気だったから、小学校のときは体育の授業に出られなかったし、外でもあまり遊べなかったんだ。その代わり、本は随分と読んだよ。今より漫画も読んだかな。手塚治虫の『火の鳥』の初版は、今でもどこかに残っているはず…」

父は、小学生の時に父親（僕からみれば祖父）を亡くしている。幼いときに一家の大黒柱である父親を失い、父はきっと心細かっただろう。それでも子どもの僕からは、理系の大学を出て勤め、家庭を築いたことに、満足している背中ばかりが映っていた。

僕が病気になる前も、祖父が早くに亡くなったことぐらい知っていたが、それまでに詳しく知らなかったことも、いろいろと話してくれた。

農家の育ちでカネに苦労した苦学生だったということ。幼いころから病弱で、外で走り回るようなタイプではなかったということ。

そういえば、僕も小さい頃、父に連れられてアウトドアで球技やスポーツをすることなんかなかったし、六甲山へ登山に連れて行ってもらったことくらい。お金にも厳しい。読書家なのは、相変わらず。

「お父さんも、こんなに話し込んだのは学生時代以来だ。じゃあ、また来るから！」

「…いってらっしゃい」

母は母で、なぜ、未だそんなことを覚えているのか、昔のことを詳しく聞かせてくれた。

「ほら、春彦が小さいとき、ほんと、女の子みたいに可愛くってね。自分のこと『あたち』とか『あたし』とか一生懸命に呼んでいたのよ。セーラームーンの真似っことか」

「うち、昼は女しかおらんかったし…」

「それはそうだけど、春彦が『あたち』って言ってるのが、また、可愛らしいんよ。ふふ」

笑いの絶えない家に育った母は、自分が話している内容を自分で楽しみながら、笑顔で話をすることが多い。昔から幸せな人だなあと思っていたけれど、実は、僕の病気の一件で、意外に堪《こた》えていたことも打ち明けてくれた。

(見かけほど、タフじゃないんだな…)

母はもともと全くの機械音痴で、FAXすら使いこなせていなかった。でも、そんな母が、携帯電話を買い、僕にメールを送るようになった。顔文字も使う場所を明らかに間違えていたが、母が懸命に打ったのかな、と思うと、僕の心は和《なご》んだ。

あの時の僕は、本当に張りつめた糸のようで、少しでも負荷をかけると、プツンと切れてしまいそうだった。当然、両親もそれを察していたに違いない。だから、少しでも僕を励まし慰めようとして、様々な話をしてくれたんだと思う。おかげで、父や母が病室にいる間は、余計なことを考えずに済んだ。

でも、また病室で一人になると、孤独と様々な疑問が心の中を支配する。

果たして、自分の心身は回復するのか？
健康だったときの自分をいつ取り戻せるのだろう？
薄味の病院食じゃなくて、うまいもん、食えるようになるのかな？
大学受験、ちゃんとできるのか？
いや、その前に、勉強できるようになるのだろうか？

もちろんそれらの疑問への回答が浮かぶわけもないし、目の前に立ちはだかった大きく分厚い壁に押しつぶされそうな感覚に襲《おそ》われる日々が続いていた。

二度目の開頭手術が決まった

## 頭にできた虫歯が顔を支配する

根気強くリハビリを続けた結果、僕は、歩行器を外せるようになり、一本のステッキにもたれながらゆっくりと歩けるまでになっていった。
そんなある日。いつものように診察を受けていると、主治医の先生が唐突《とうとつ》にこう切り出した。

「近いうちに、骨入れ、やろうか」

骨入れ？　初めて聞く言葉だ。

「なんですか？　それ」

「小林くん、いつまでもそのままじゃ、困るでしょ。簡単に言えば、開頭手術で頭がい骨、外しちゃったから、骨、今ないじゃない？　あれから実は君の頭の型をとったんだね。それで、小林君サイズに合わせたオーダーメイドの代替品がもうすぐ完成するんだ。それをはめ込もう」

確かに、僕の場合、手術で右半球の頭がい骨が外されていた。

頭の右半球の頭がい骨がそっくり外されたのだから、広い範囲であることは間違いない。


若者の病気は回復も早いというが、進行も早い。僕の場合は、症状がひどく、腫れ上がった右脳が命を支配する右脳と左脳の間にある中央の脳幹を強く圧迫していたので、しばらくの間、減圧のために頭がい骨を外しておく、という判断になったようだ。おそらく、脳の状態が安定してきたから、頭がい骨の切り取られた部分に、何かをはめ込むという判断になったのだろう。ただ、本物の僕の頭がい骨ではなく、セラミック製の人工骨をはめ込むらしい。

実は、それまで、頭がい骨の穴が開いているところは無防備な状態になっていたから、中高時代に田舎道の自転車通学で使っていた白いヘルメットをかぶって移動していたのだ。

今度の骨入れ手術も、全身麻酔が必要だ。僕は、手術や麻酔の同意書に幾つもサインをするよう促《うなが》された。ペンを握りしめる感覚も、久々だった。

そして、手術後――。

麻酔から覚めたら、額から目の下にかけて、ものすごい違和感に襲われた。

当時、看護師から、「よく頑張ったね。どう?」と訊《き》かれると、僕は「頭が張った感じ」と答えた。傍《そば》で担当の執刀医は、

「うーん、ビシッ! と決まったなぁ。世界に一つだけの小林くんの骨だ」

と満足そうに言った。

「張った感じ」といっても経験者でなければピンとこないのかもしれない。虫歯を削った後にしばらくして詰め物をしたときに感じる、あの違和感に少し似ているかもしれない。詰め物のまわりが突っ張った感じだ。治療をしているのだから本当は痛みが引いていくはずが、なぜか詰め物をすると、しばらくズキズキと鈍い痛みが続くことがある。あの「ズキズキ感」が、鼻から頭にかけて全体で起きていると言えば想像しやすいだろうか。

僕は、目の周りがぷっくりと腫れ上がり、座っていても、ベッドに横になっていても、ずーっとズキズキが続いた。

もう一つ、僕を悩ませたのが、繰り返し襲ってくる吐き気だった。手術のとき、三半規管《さんはんきかん》に

触れたのか、平衡《へいこう》感覚が損なわれ、常に車酔いしているようなありさま。一日に食べては何度も嘔吐《おうと》し、それだけで疲労困憊《こんぱい》していた。

(この踏んだり蹴ったりの状態もいったい、いつまで続くんよ？　これから本当によくなっていくん…？)

日々、辛い痛みが続くなかで、気怠《けだる》い不安感に苛まれていた。

待ちに待ったはずの退院後の生活

## 安堵と不安が波のように寄せて返す

あの救急で運ばれてきて緊急事態としておこなわれた救命手術から、3か月が過ぎた。手術の傷も回復し、頭の抜糸を終えた僕はようやく退院の日を迎えることができた。

時間の経過とともに少しずつ身体は回復し、松葉づえさえあれば、一応は、自分の思うところに移動できるようになっていた。

「小林君にとっての一番のリハビリは、日常生活を外で送ることかもしれないね」

病院に担《かつ》ぎ込まれたとき、僕の命を助けてくれた先生は、背中を押すように言った。

(ようし、退院！　もう治ったんだ！)

生死の淵をさまよいながらも、命だけは取り留めることはできたが、その後の入院生活は長く陰鬱《いんうつ》なものだった。しかしそれでも、退院という一区切りを迎えることができたことに安堵《あんど》するとともに、明日への希望もわいてきた。

病気で倒れる前の自分に戻れる。受験勉強も再開できる。

時間はかかったが、四つん這い、いや寝たきりだった状態から、ここまで来れたのだから、これからも、回復への坂道を着実に登っていけばいいだけ…。

不慮《ふりょ》の病気に倒れた僕は、二足歩行を奪われ、それを取り戻すのに壮絶な戦いを強いられた。けれども今、僕はその戦いに勝利し、この凄惨《せいさん》な戦場から自分の足で歩いて出ようとしている。

「どんなもんだ」

僕は、これから待っている新しい未来を思い浮かべ、期待に胸を膨らませた。

しかし、その期待は、見事に砕け散ることになる。

確かに病院に運び込まれたときより、身体の状態は改善した。リハビリを始めたときには、赤ん坊と同じ、いやそれ以下のひどい状態だった。例え、1メートル、いや50センチ先にさえ、自力では進めなかったのだから。

それに比べ、退院時には松葉づえは必要だが、自分の行きたい場所に自力で移動することができるようになっていた。だが、退院後、僕の心身は漠然《ばくぜん》とした違和感に包まれていったのだ。

この違和感はいったいどこから来るのか？　その原因を探っているうちに、僕はあることに気付いた。

それは、実生活と院内での生活の環境の違いだ。

入院生活を送っていた当初、僕は自力で数十センチたりとも移動できなかった。

しかし、僕はその不便さを痛烈に感じたことはなかった。なぜならば、病院では、僕の状態に合わせて看護師たちがあらゆる世話をしてくれた。僕は、ただベッドの上で横になっていたり、車いすに乗っていればよかった。

何か用事があれば、ナースコールを押せば看護師が病室に来てくれる。行動範囲も限られていたから、帰り道がわからなくなることもなかった。病院の中で「困ること」はなかったから、病人という意識はあっても、障害を意識はしなかったのだ。

だが、自宅では勝手が違った。自分の部屋からリビングやトイレ、どこに行くにしたって、自分の力で移動しなければならない。左半身だって、あまりにも自分の感覚と違っていた。

食事、風呂、トイレ…、ごく当たり前の動作が当たり前に上手にできない。行動するたびに、まともでない自分に気づかされ、不満が募《つの》った。

目にも違和感を覚えた。おかしいぞ。見え方がヘンだ。おかしい。そのときの僕は、いくら考えても、「なぜ、なにが、どのように、おかしいのか」に対する答えは出なかった。

鏡を見るたびに己の顔を確認してはみるのだが、別に顔面が歪んでいるわけでもモザイクやガラス越しにぼやけているような見え方でもない。見た目には高校を卒業した春先と同じで、特段の異常は見当たらなかった。

あまりにも自分の外見が普通なので、その違和感を「思い込みすぎだって…」と自分にグッと言い聞かせ、率直に口にできない自意識過剰な自分がいた。

ますます募る違和感

## 座標軸を失った鏡の前の不審者

よくよく当時を振り返って考えてみると、入院中から少しおかしかった。

長い廊下の端に立つと遠近感・立体感がわかりにくい。そのまま足を踏み出すと、まるで真正面に重力が働いていて落ちていきそうな感覚を覚えた。

と言っても、別に悲鳴をあげて誰かに助けを求める危機的な事態ではない。ただ、どんなに振り払おうとしても振り払えない漠然とした違和感が僕にまとわりついてくる。

そこに輪をかけて、また、あの「分からない」「言葉にできない」「分かってもらえない」が始まった。僕は、泣きたい気分を口に出せず、ふさぎ込むばかりだった。

後に分かることだが、僕には入院しているときから、「高次脳機能障害」の症状があったのだ。この障害は、はたから見ても、まったく気づかれるものではない。

例えば、手や足が不自由な人は、手を動かしたり、歩いたりすれば、それを見た人はすぐに障害があると気づく。目が不自由な人も同じく、何かの動作をすれば、相手は障害があることに気づくだろう。

でも、僕の場合は違った。

目や耳の機能自体には問題がない。言葉も話せる。左手足は不自由だが、なんとか動かせる状態だ。つまり、僕の「身体」には大きな問題はない。しかし僕自身は、いつも不便を感じている。今周囲で起きていること、自分に起きている事態を把握するのに時間がかかる、おどおどとしている僕を傍から見ると、ただの挙動不審なやつにしか見えない。

身体の回復とは裏腹に、僕の違和感は増していった。

ひと言で当時のことを表すなら、「期待を裏切られる」ことの連続だった。自分が「これだ」「こうに違いない」とかつての健常時の感覚で思ったことが、ことごとく打ち砕かれるのだ。

例えば、当時、僕は姉と妹の顔を見分けることができなかった。妹に向かって「姉貴、ねーちゃん」と言っていたり、姉に向かっては「マキちゃん」と妹の名前で呼んだりしていた。僕にはそう思えたから…。でも、3回のうち2回は違っていた。

「はぁ？　るーちゃん！　ふざけんといて！　わざとらしっ」

よく姉に睨《にら》まれた。明らかにイライラした感じが伝わってくる。妹は、口にこそ出さないが、ただ黙って僕の顔を見ていた。

もちろん、僕は、ふざけてなどいなかった。その都度、「妹だ」と確信して、何の疑いもなく話しかけたのに、その相手は、実は姉だったのだ。風呂上りに身長差もさほどないおそろいのパジャマを着た姉と妹を区別するのは難しい。

僕が姉妹にふざけていると思われたのは、僕は外見からまったく異常があるように見えなかったからだ。例えば、僕が手探りでないと前に進めないとか、明らかに左手が動かないとか、何らかのサインがあったなら、誰もふざけているなんて思わないはずだ。

僕は、完全に挙動不審者扱いをされていた。


挙動不審と言えば、アルバイト先でも、困ったことが起きた。

実は、退院してしばらくしてから、僕は、カネが欲しくてアルバイトをしたことがあった。応募するときには、すでに多少の違和感は抱いていた。でも、自分は健常者だ、この違和感は一時的なものに違いない…。

「今はまだ病み上がりだってことも、言わなきゃバレやしないよ」と自分に強く言い聞かせ、勢いで応募した。偏見の目で見られるのが不安だったから、病気のことは隠して潜り込むことにした。面接の担当も、僕に対して不審に思う様子もなく、採用が決まった。

ところが、いざ客の回転率の高い店で働き始めると、次々に「失敗」が待っていた。

例えば、人が区別できず注文を受けた人と違う人に商品を渡したことが何度もあった。

それから、こんなこともあった。

ある日、アルバイトが終わって、家に帰ろうと道を歩いていたときのこと。

どんなに歩いても、自分の家に近づいていく気配がない。目印になるはずの建物も見えてこない。おかしい…。それもそのはずだ。僕は、一生懸命、反対方向に歩いていたのだ。

外出先から自分の家に戻るだけなのに、それすらできない…。自分で自分にがっかりした。


それからも、僕の期待は、裏切られ続けた。

姉だと思ったのに妹だった。

右だと思ったのに左だった。

上だと思ったのに下だった。

どこかに向かって大声で叫びたい毎日だった。

けれども、相変わらず、原因がわからなかった。そもそも、病気が治っていないなら、医師が退院させるはずない。僕自身も、ひどい頭痛がするわけでも、大出血しているわけでもないから、自分が病気だという確信もない。だけど、それが余計に不安だった。何かを信じる基準を失って、精神的にまいっていた。僕の頭はいつも霧がかかって、「もやもや」としている。人は不思議なもので、医者から「あなたは○○です」という診断をしてもらうと、妙に安心する。もちろん、ガンなどの難病なら別だが、一般的には、何かの病名を付けてもらったほうがすっきりするものだ。

でも僕の場合は、違和感を訴えても、病名を付けてはもらえなかった。何より、僕自身も、自分が置かれている状態をうまく説明できなかった。だから当然、周囲にも理解してもらえるはずがない。でも僕は、何かにカテゴライズ（分類）されたかった。

説明できない、診断をしてもらえない、理解してもらえない…。そんないつもの「ないないづくし」のなか、僕は、混乱していた。

（どんどん良くなると思っていたのに…）

そもそも、このとき、僕は自分が障害者だと思っていなかった。両手は動くし、自分の足で歩けるようにもなった。少々ぎこちないところがあったが、それは時間とともに回復に向かい、やがては全快すると信じていた。

実は、後遺症として両眼への視野狭窄《しやきょうさく》の診断が出たが、健常でも頭の後ろが見えないことを不思議に思わないように、かつてより視野が狭くなっても失った視野を不快には思わない。耳だって、聞こえる。その他に障害があるなんて、そのときには、夢にも思っていなかった。

後に僕について判明する様々なことは、今の時代だから認められ知られるようになったことで、10年前はほとんど認知されていなかった。

病人と不登校児の交差点

## 7年ぶりの再会を果たす

退院直後、僕は明るい未来を思い描いていた。これからどんどん病状が回復して、最終的には健常時代の自分を取り戻せるものと信じて疑わなかった。これからは、以前のようにあれもできる、これもできる…と。

しかし、現実はそうではなかった。日常生活を送っていくうちに「困ること」がどんどん増えていったのだ。いや、「増えた」というより、困ることに「気付いた」というほうが正しいのかもしれない。

その「困ること」がこれから先、ずっと続くものなのか、一時的なものなのかは見当すらつかないなか、僕は、困難に遭遇するたびに、戸惑い、混乱して、落胆する、を繰り返し、時間の経過とともに気が滅入《めい》るばかりだった。

それに追い打ちをかけたのが、家族だった。当然だが、家族は僕との付き合いが一番長い。

しかも、両手は動くし、二足歩行もできている。呼びかければ答えるし、普段は、目が不自由な様子もない。外見的には何一つ、病気で倒れる前と変わっていなかった。それだけに、僕の昔のイメージをいつまでも引きずってしまっていたのだろう。

特に母はよく、「少し前はできたのに、なんで今はできないの?」と言いながら、クエスチョンマークが付いた眼差しを向けていた。

また姉は時々、「あんたのこと、誰も障害者とか認めへんからね! 甘えんとって」と突き放すような言葉を僕にぶつけた。その様子は、見るからにイライラしていた。

もちろん、母や姉に悪意があったわけではない。僕自身を障害者という立場に安住させたくないとの思いがそうさせていたのだ。確かに、僕が黙ってしている分には、誰も障害者とは思わないだろう。家族としては、僕を障害者扱いし甘やかしてしまったら、僕自身の社会への適応がさらに遅れてしまうと思ったのかもしれない。誰も責められない。

今なら、そんなふうに、それが実際に当たっているかどうかは別にして、相手の心のうちを思い巡らすこともできる。しかし、当時の僕は、自分のことで手一杯で、それを素直に受け止めることは、到底できなかった。

(おれが悪いのかよ!)

そして、はじめのうちは、表面上、理解を示してくれていた父も、やはり内心はひどく戸惑っている様子だった。

「おー、今日はそれ、できたんだね。昨日と何が違う？」

「あれ？　今回はできないんだな。どうしてだろう？」

父は父なりに納得がしたかったのだろう。理屈っぽい父は、何かにつけて、「どうして？」と理由を求めてくる。嫌味は感じないが、分析的な質問にいちいち答えるのが面倒だった。

僕の障害からくる困難は、そのときの状況、自身の疲労、与えられた環境でそのとき求められているものによって、大きな「揺らぎ」がある。一概にどうとも言えないし、その一貫性の無さを追求されても僕としては言い訳がましい感じがして、堂々とした説明ができないことに困ってしまうのだ。


そんなふうだったから、当時の僕には家族といるのが本当はつらかった。他人なら離れれば済むかもしれない。けれど家族とは生涯、関係を断ち切ることはできない。近しいがゆえに、時に根深い近親憎悪《きんしんぞうお》を生む。

多感で思春期まっただ中だった僕は、この世で一番近しいはずの家族からさえも、僕の身に起きている深刻な事態を理解されないこと、そして共感されないことに、すっかり落ち込んでしまった。

なんとか理解してもらいたいという強い衝動だけが胸中で空回りして苦しかったが、当時の僕は、そもそも、自分でも自分の身に何が起きているのかを理解できていなかった。ましてや、その状況を打破するだけの説得力も説明力も持ち合わせていなかった。

(ああー。これから先、どうすればいいんだろう?)


身内でさえもこんな感じだったのだから、僕はどこにいても、何をしていても、周囲から疑いの眼差しで見られているような気がしてならなかった。

(おまえ、本当は障害なんかないのに、できないフリをしてるんじゃないか?)

(もっと頑張ればできるはずなのに、サボりたいの?)

自意識過剰、と言われればそれまでかもしれない。だけどその頃の僕は、いつも、まるで人間社会というとても広い取調室に閉じ込められた容疑者のように、疑いをかけられ、責め立てられている感覚に襲われていた。

誰と過ごしても、そうした感覚が払拭《ふっしょく》できず、いつも仕方なく、あれこれと弁解がましく、分かりやすい「できない理由」を並べていた。それはまるで、僕にとって面倒くさい存在だった父が得意な、言葉という「鎧《よろい》」を着て、理論武装で闘いに臨んでいるような感覚だった。

そんな鬱々《うつうつ》とした思いを抱えたまま、時間だけが早足に過ぎ去っていき、気がつけば、春菜ちゃん達の命を奪った福知山線事故から早1年が経とうとしていた。

そんな時、尼崎のアルカイックホールで追悼慰霊式が開かれるということを知った。

春菜ちゃんの慰霊のため、ぜひ式には参加したいと思った。しかし、僕が一人で行くのは気乗りがしない。アルカイックホールは、学生時代にコンクールで何度も舞台に立った僕の思い出の場所だ。もう、あの「なんでやねん事件」の残響は僕の頭にもなかったけれど…。

ただ、慰霊式のようなかしこまった儀式には出席したことがないし、術後、退院してからは特に自分に自信が持てず、心細かった。

（誰か、一緒に行ってくれないかな？）

取りあえず、連れが欲しい。早速、頭の中で友人たちの顔を思い浮かべながら、一人、人選会議を始めた。

まず地元に残っている吹奏楽部の連中の顔が浮かんできた。でも、とても誘う気にはなれなかった。彼らは皆、大学に進み、当時の僕にすれば眩《まぶ》しいほど順風満帆《まんぱん》な生活を送っている。それに引き換え、生死を分けるほどの大病が原因とは言え、僕は人生の挫折の只中《ただなか》にいる…。やっぱり引け目を感じるし、みじめな思いはしたくない。

だから、誘うなら、どちらかと言えば、孤独な匂いがする奴のほうがいい。鬱屈《うっくつ》した中で、そんな想いがあった。あの事故の慰霊式会場がある尼崎の近くに住んでいて…、時間がありそうな「浮いた」奴…。

そうやって都合のいい条件を絞りながら、つらつら考えていくうちに、ふと一人の人物の名前が僕の脳裏をかすめた。

それが中澤基浩である。

中学1年生のときの同級生だ。同級生と言っても、大した記憶はない。覚えていることと言えば、中澤も僕も絵が得意で、美術の谷口先生に人物画のデッサンを二人名指しで褒《ほ》められたことと、同じクラスメートで、席が近かったことぐらいだ。あとは、おっとりとした感じがした、という程度。

中澤は、三田学園に入学して半年ほどで、学校に来なくなってしまった。

僕が中一のとき、クラスのみんなに出すのと一緒に中澤にも年賀状を送ったことがあった。それ以来、中澤のお母さんから、毎年、近況を知らせる年賀状が届いてはいたが、中澤自身と直接話したことはない。

不登校になって家に引きこもっているという噂は聞いたことがあるが、それ以上の情報は特になかった。

(あいつ、まだ引きこもってんのかな。今、どうしているんだろう?)

なぜ中澤だったのか、うまく説明はできない。ただ、吹奏楽部の連中とは異なり、レールから外れた人生を送っている中澤となら一緒に行ける…と直感的に思った。僕の当時のアンテナが彼の波長と合ったというところだろうか。

(あいつなら、呼んだら、来てくれるかも。とりあえず、声をかけてみよう！)

早速、電話番号を確認して、電話の受話器を手に取った。

中澤が電話口に出ると、思わず、受話器を握る右手にギュッと力が入った。

「ああ、うん」

おっとりとした声が聞こえてきた。

「まだ、家におるの？」

「うん、まあ」

短い返事だったが、すごく間があったような気がした。中澤の方も、突然の電話に戸惑っているのか、おどおどした感じだった。

受話器を通じて聞こえてくる話しぶりは、僕の記憶の中にあった中澤そのものだった。

普通は、いくら同級生だったとは言え、大した話もしたことがない相手から突然の電話があったら警戒するものだ。だけど、中澤の話しぶりにそんな様子は微塵《みじん》も感じられなかった。今、自分が、彼と友達としてごく自然に話していることに内心驚いた。相変わらずな奴…。まるで二人とも一気に中一の頃にタイムスリップしたかのような懐かしい匂いのする感覚だった。

「で、どうしたん？」

「ああ、あんな、今度、お前んちの近くのアルカイックホールでＪＲ福知山線事故の追悼慰霊式があんねんけど」

「ああ、おっきな事故やったもんなぁ」

「よかったら、一緒に行かへん？」

「うん…、じゃあ、行こか」

中澤は、気が抜けるほど、あっさり僕の誘いに乗ってくれた。引きこもっているといっても、案外、健康そうだった。とりあえず、一緒に行ってくれることになって安堵《あんど》したが、その時は特にそれ以上の感情はなかった。

しかし、ここでの再会が、中澤とのより深い「縁《えん》」を取り戻すきっかけとなったのである。


「苦しいところに行かせて悪かった」
## 敷かれたレールと道なき道を行く2人

僕の知り合いには、大ざっぱにいくつかの種類がある。まず、①倒れる前の僕を知っている人と②倒れた後の僕しか知らない人の二つに分かれる。そして①と②はそれぞれ、「(程度の差はあるが)僕の病気を知っている人」と「僕が病気になったことすら知らない人」に分かれるので、組み合わせると全部で4種類に分かれることになる。

僕は、それぞれの人たちに対して、違う感情をもって接していた。

ただ、言えるのは、当時の僕は、どのパターンの知り合いに対しても、居心地の悪さを感じていたということだ。

倒れる以前の僕を知っている人たちは、僕の健常時代のイメージが根強いから、そのイメージを崩さないように気を遣《つか》わなくてはいけない。例え僕の病気の事実を知っていても、外見から障害があるようには見えないので、僕の行動が挙動不審に映ったはずだ。その戸惑う様子を見て、僕はとても心苦しかった。

反対に、倒れた後の僕しか知らない人は「小林さんは、これができない。あれができない」と知っているので少しは楽だが、自分の弱さをさらけ出すというのは、それはそれで辛く情けないものだ。

そして、知り合った時期がどうあれ、僕の病気のことを知らない人に接するときは、病気の事実は伏せて、健常者のフリをしていた。僕は過去の栄光がまぶしくてプライドが高かった。偏見の目で見られるのがもちろん怖かったし、せめて病気のことを知らない人と会う時ぐらいは、「自分は健常者だ」という気分になりたかったのかもしれない。ただ、僕に障害があることを、いつ相手に知られるかとヒヤヒヤしていたし、どのタイミングでカミングアウトすべきなのかとタイミングを計ってばかりいたような気がする。いわゆる、「ええ恰好《かっこう》しい」だった。

その点、中澤は、僕をまったく知らないわけでもなく、かと言って、健常時代の先入観が強く残っているわけでもない。というか、ほとんど無いに等しい。期待もされないし、どちらかと言えば、お互い弱い人間同士。それが、僕にとっては妙に居心地がよかった。だから、中澤とは、自分でも不思議なくらい気負わずに付き合えた。

中澤は男3兄弟の二男、僕は姉と妹に挟まれた長男という違いはあったが、二人とも3人兄弟の真ん中だった。

でも、共通点はそれぐらいのもの。中澤と僕は性格も育った環境も大きく違った。

僕は、いわば、大人の期待と文科省のカリキュラムに沿って決められたレールの上を外れることなく走ってきた人間だ。中高一貫の進学校に入り、吹奏楽部に所属して、それなりの成績も残した。家族から見た僕は、「無茶はするけれど真面目で、頑張る子」「ちゃんと成果を出せる子」といった感じだっただろう。

高等部に進んでからはリーダー的存在ではあったけど、言葉悪く言えば「いい子ちゃん」を演じていたのかもしれない。

三田学園は、今は男女共学だが、僕が通っていた当時は中高一貫の男子校だった。上下関係が厳しく、教師や先輩に絶対服従の雰囲気が漂っていた。極端に言ったら、先輩が白いものを「黒だ」と言えば、それが理不尽だったとしても、「黒です」と思わなくてはならない…、そういう何か洗脳的な部分がなかったと言えばウソになる。まして吹奏楽部は集団行動。協調性や空気を読むことが求められ、数々の個人プレーは、「出る杭《くい》」に思えた。

だから、僕は身を守りたいという防衛本能も働いて、自然と面倒な周囲との衝突を避ける選択を続けてきたのだろう。

一方、中澤は人に合わせるということに息苦しさを感じていたようだ。だからと言って自分を押し出すこともしたくない。そうした葛藤《かっとう》の末、結局、学校に行かないという選択をした。

どこの家庭でも、子どもが学校に行かなくなると、親は心配し、何とかして学校に行かせようとするのが一般的なものだと思っていた。たぶん僕の両親だって僕が不登校になれば、きつく叱りつけてでも学校に行かせただろう。

中澤の家族は叱ったりはしなかったのだろうか？　時々、そんな素朴な疑問がわいていた。

それで、あるとき訊いてみたことがあった。

「お前さ、学校行かなくなって、家族からなんか言われへんかったん？」

すると、中澤からは、ちょっと耳を疑うような答えが返ってきた。

「オカンに、『お前が苦しむようなところに行かせてごめんねえ』って謝まられてさ」

中澤の家は、神社で幼稚園を経営している。だからお父さんは跡継ぎのためにも大学進学を願っていたらしい。でも、彼の話を聞いていると、どうも、少なくともお母さんからは学校に行け、と無理強いされたことはなかったらしい。

かなり意外だった。どう考えたって、親がそんなことを言うようには思えなかったからだ。

僕も中学のときには、イジられキャラで、学校を休みたいと思ったこともある。しかし、そんなことを言っても、親が休ませてくれるとも思っていなかった。だから、仮病を使ったことはあっても、そんな話をしたこともなかった。甘えてはいけない、逃げてはいけない、気合いと根性を出せよ…。

でも、大病を経験し人生の深い苦しみを味わい多様な生き方を学ぶようになってから、僕は中澤のご両親のような考え方も「アリ」だよな、と思うようになった。不登校になれば、子どものためと信じて、無理やり登校させようとする親が多いが、どんな親も、無償《むしょう》の愛で見届けるならば、わが子の苦しむ姿は見たくないはずだ。

中澤が、嫌みなく純粋なのは、そんな家族のもとで育ったからかもしれない…。僕は、ある意味、中澤のことがうらやましくさえ思えてきた。

18歳のビッグバン　第3章

# 姿を現した障害との闘い

「病因をはっきりさせたい」

# 生死について考え続けた日々

中澤と事故の慰霊式への出席を終えてしばらくした頃、僕は大阪の国立循環器病センターに入院することになった。ちょうど、倒れてから1年が経過していた時期である。

入院した主な目的は、脳梗塞《のうこうそく》の原因を特定することと、その後の経過をみることにあった。

北野病院を退院する前も、医師から脳梗塞の原因に関する説明は受けていた。

その時は、①血流や血液の異常（血液のサラサラやドロドロ、血流のスピードによって滞《とどこお》りが懸念される）、②心臓の奇形（心臓や心臓の弁に奇形がある場合、血栓が生じやすい）、③脳の血管の奇形（動脈や静脈の細さや結合の仕方によって血栓が詰まりやすい）、の3つのいずれかに疑いがあると言われていた。

ただし、その時点では、原因が特定できていたわけではなかった。

それから、主治医が気にしていたのは、脳梗塞を発症するにしては、18という僕の年齢が若過ぎることだ。

「とにかく、再発の可能性もないとは言えないから、何か気になる症状が出たら、すぐに病院に来るように」

医師は、最後にこう付け加えた。

(え、再発の可能性…?)

医師の説明は実にあっさりとしたものだったが、「再発」という恐怖の二文字が僕の頭から離れなかった。

昔も今も日本人の三大死因は、癌、心臓病、脳卒中と言われている。医師があげた僕の病因に当てはまっている。だから、もし再発すれば、次は生還できないと思った。

それに、退院してから、僕の障害による困難はどんどん顕著《けんちょ》になっている。人はいつ死ぬかわからない。春菜ちゃんの訃報《ふほう》に接し、僕も大病をして以来、僕のなかでは、常に「死への恐怖」が付きまとっていた。一秒ずつが、落ち着かない。

僕は、たった一度の自分の人生を、投げやりにも楽観的にも考えられなかった。かと言って、悲観にも暮れてばかりはいられない。

だからせめて、原因を突き止めて、冷静に自分と向き合いたかった。

しかし、この循環器病センターでの検査入院も、北野病院とはまた違った過酷さがあった。検査と言うと、学校での健康診断や、人間ドックみたいなものを想像するかもしれない。しかし、それとは比べ物にならないほどハードで本格的なものだった。

もう、あの日々を思い出したくもないけれど、先程の疑いに応じ、3つの検査がなされた。

経食道エコー、カテーテル検査、定期的な採血だ。

経食道エコーは心臓に異常がないかどうかをチェックするための検査だ。食道は心臓の裏側を走っているので、食道に管を通して超音波で心臓の様子をみるのである。食道に管を入れるのだが、この管が胃カメラよりもずっと太い。胃カメラの管は、口から入れるものは直径約1センチ、鼻から入れるものは5ミリ程度。一方の経食道エコーは1・7センチにもなる。入れている間中、ゲエゲエ吐き気はするし、目は涙だらけになるし、さんざんだった。

カテーテル検査では、脳の血管に異常がないかどうかを確認する。太腿の付け根から血管に細い管を入れ、それを脳付近まで通す。モニョモニョとした感触が下半身から首を通って脳に向かって移動していくのが自分でもわかり、気持ち悪い。

それから、何度もおこなわれる採血も辛かった。採血用の針は、普通の皮下注射の針より太い。血液の状態をチェックするためとは言え、それを腕の血管めがけて、何度も突き刺されるのは、献血もしたことがない僕にとって耐えがたいものがあった。


検査の結果、僕は、「プロテインS欠乏症（血液凝固性疾患）」という耳慣れない病気を先天的に抱えていることが判明した。そして、それが脳梗塞の原因であった可能性が高いということも他の検査結果と併《あわ》せ、消去法的に指摘された。

プロテインS欠乏症とは、ごく簡単にいえば、血液の凝固バランスに異常がある病気である。

誰しも、一度くらい、転んで膝《ひざ》をすりむいたことがあるだろう。そのときのことを思い出してほしい。最初はひざが血だらけになっても、少しずつ血が固まって、傷口に赤い「かさぶた」ができる。これができないと、いつまでも出血が続いてしまうから、血が固まることは、大量出血を防ぐために大事な機能だ。ただ、固まるのは表面だけで、体内では血液がサラサラと血管を流れている。

ところが、プロテインS欠乏症患者は、どうやら体内でも血液が固まりやすく、血栓症（血管が詰まる病気）を起こしやすくなるようだ。

もちろん、プロテインS欠乏症だからと言って、必ず心筋梗塞とか脳梗塞になるというわけではない。さまざまな悪条件（不眠、ストレス、激しい運動やサウナによる水分不足など）が複合的に重なることが、発症の引き金となるという。

僕は、病気で倒れる前、JRの脱線事故で親友の死に遭遇し、かなりのストレスに晒《さら》されていたし、追悼演奏の準備で仲間と2、3日徹夜で過ごすなど、睡眠時間を大幅に削っていた。若いし、無理がきく身体だと思っていた。

だから、「たられば」の話だが、もし、あの脱線事故が起きなければ、僕が病に冒《おか》されることはなかったかもしれない…。

まだ若かった僕は、突然、自分を襲った境遇を、理不尽だと呪《のろ》い、何かのせいにせずにはいられなかった。いつもぶつける対象のない苛立《いらだ》ちを持て余していた。

プロテインS欠乏症という「地雷」を抱えて生まれて来た僕に対して自己責任を問われるのも酷だろう。

いまさらそんなことを考えたって、どうしようもないことだとは頭では分かっていたが、僕はあの事故をひどく恨《うら》めしく思った。そして、これまでも幾度となく、できることなら事故の前日に戻りたいという、決して叶うはずのない願いを抱いたものである。


入院中、友人がたまに見舞いに来て、近況を報告してくれた。

「いや〜、サークルが結構大変で、おれも飲み会でゲエゲエ吐いたわ」

「彼女と付き合うのも、めんどいんよ」

「お〜、そうなんや。いろいろ大変やな〜。はは」

表向きは、話を合わせるが、内心、イラついていた。

(おまえらは、サークルや恋愛ができていいよな…。それに比べて、おれは長期入院に検査三昧。同じ「嘔吐」でも、病気をしたからなんだよ！　黙ってろ)

彼らは、悩み相談のつもりかもしれないけれど、ベッドの上の僕にしてみれば、キャンパスライフを謳歌《おうか》していることを自慢しているようにしか聞こえなかった。人に辛い一面を見せられない性分の僕は、強がって、ただ笑いながら、その場をやり過ごすしかなかった。

中高時代、坊主頭だったやつが大学に入って、髪を伸ばし茶髪にしてきたこともあった。

僕が個室に入っているのを見て、「すげえ！　ホテルみたいやん」というやつもいた。もちろん、みんな悪気があるわけではない。だけど、僕にはその一つひとつの言動がひがみを煽《あお》ってくる屈辱的なものに思えてならなかった。

病室に一人でいるときは、退屈しのぎに自分の心臓の鼓動をピコピコ描き出している心電図をメトロノームにして、リズム練習にチャレンジしたりもした。ベッドの上で、機械と僕の胸に貼られた吸盤を繋ぐコードを整理し、半裸で手を叩く。でも、なかなかうまくかみ合わない。

「これって、おれのリズム感が悪いんかな。それともメトロノーム（心臓）の方が不整脈なんかな…。はは」

すぐに虚《むな》しくなって天井を見上げてしまう。すると、さまざまな思いがよぎった。

（人の未来なんて、ほんとわからないよな…）

（高校の頃は楽しかったな、この先の人生でおれは何をやりとげるんだろう）

（いつか、おれも死ぬんだよな）

春菜ちゃんのように、人間なんかいつ死ぬかなんてわからない。だったら、こんなところで苦しい検査をするより、過去に縛《しば》られず未来を恐れず、今を楽しむことのほうが大事なんじゃないのか。でも、楽しむ余裕もない今を逃避するのも、何か違う気がした。

生きるということ。死ぬということ。

思考の軸はブレまくり。

とりとめのない思いが、浮かんでは消えていった。


検査入院で、原因は一応、判明したが、このプロテインS欠乏症と付き合うのは、ことのほか厄介だ。特に困るのが副作用。血が固まって血栓ができると、脳梗塞や心筋梗塞を起こしてしまう恐れがある。そこで、血を固まりにくくするよう、血液をサラサラにする「ワーファリン」という薬を飲む。それによって血栓はできにくくなる。ただ、この薬には、血液が止まりにくくなるという副作用があるのだ。健常者のときには気にしたこともなかったが、ちょっとした擦《す》り傷や切り傷が、僕にとっては重大事件となった。

例えば、髭《ひげ》そりのときに、刃先が当たって顎《あご》が傷つくことがある。普通なら、傷口をティッシュで少し強めに押さえれば、ほどなく血は止まるが、薬を飲んでいると、血がダラダラと出続け、止まるまでにかなりの時間がかかるので、刃物にトラウマを感じるほどだ。

だから、歯磨きでさえも注意を要する。歯を強く磨き過ぎると、それだけで歯茎《はぐき》に傷をつけてしまうからだ。下手をすると、口の中が血だらけになってしまう。

傷以外に、打撲も要注意だ。例えば、机に膝をぶつけたところを想像してみてほしい。普通は、よほどひどく打ちつけないと膝にアザができることはない。ワーファリンを飲んでいると、ちょっと体の一部を打ち付けただけでも、すぐに内出血して真っ青なアザができる。

ワーファリンは身体を守るためには必要な薬ではあるが、ちょっとした傷や打撲などでも、いちいち気をつけなくてはならない。

（万が一、薬を飲んで交通事故にでもあって大怪我《けが》をしたら…？）

知識も経験も中途半端。

若さゆえのネガティブな思いが、次のネガティブな思いを呼び、否定的な感情のスパイラルに巻き込まれていくのだった…。

## まるでおとぎ話か冗談
## 「不思議の国のアリス」みたい

もちろん、検査で病気の原因を特定できたことは、ある意味でほっとした部分がある。

ただ、僕には、原因よりももっと気になっていることがあった。

それは、退院した後に次々と起こった、事実と認めていいのかも分からない現象だ。

例えば、見当識障害《けんとうしきしょうがい》とまでは言わないが、人物の見間違いが多くなった。「人違い」といったほうが分かりやすいだろうか。後姿が似ているという理由で、その人だと思って声をかけたところ、人違いだった、というよく聞く話がある。

でも、僕の場合は、真正面からしっかり相手を見ているにもかかわらず、人違いをしてしまっていた。前にも書いたが、姉と妹は、かなりの確率で見間違えていた。確かに姉妹だから似ているし、年もまあ近い。お揃いのパジャマや似たような服装をしていれば、ほんの一瞬見間違えることは誰にもありうることだろう。

しかし、僕の場合は何度も何度も間違えていたのだ。これは明らかに異常と言わざるをえない。第一、倒れる前には、二人を見間違えるなんて一度もなかったのだ。そんなこと、あり得ない。姉妹たちは、僕がふざけていると思っていたらしいが、事実はそうではなかった。

「顔」と言えば、どうしても自分のなかで説明がつかないことが、ほかにも起きていた。テレビドラマを見ていると、いつも途中で僕にはストーリーが分からなくなってしまうのだ。ドラマには、複数の人物が登場する。人数はドラマにもよるが、一話分だけでも、10人ぐらいは軽く登場する。場所も一か所ではない。たとえば、刑事ドラマだとすれば、事件現場、刑事課、関係者への聞き込み先、主人公の自宅など、場所がいくつも出てくる。登場人物だって、ずっと同じ服装や同じメイクをしているとは限らない。

普通なら、よほどの変装でもしない限り、登場人物の言動をフォローしていけると思うし、ストーリーも追っていくことができる。でも僕の場合は、場面が変わったり、登場人物が服装を変えたりすると、新しい登場人物が現れたように勘違いしてしまうのだ。

それから厄介なのが、回想シーン。たとえば、現在は社会人の主人公が学生時代を振り返るシーンだと、制服を着ていたりするので、かなり雰囲気が違う。だから同じ人物には到底見えなくなるのだ。

そんなこんなで、ビジュアル的な部分でついていけず、ストーリーもよくわからないまま、ドラマを見終えるというパターンを繰り返していた。

と言っても、当時は、なぜ、自分がドラマのストーリーを追っていけないのか、その理由はよくわからなかった。僕なりに、想像力を巡らせて、原因をいろいろと探ってみた。

(記憶がうまくできなくなったのか？　それとも理解力が落ちたのだろうか？)

そんなある日。中澤と映画を見に行くことになった。中澤とはあの慰霊式以来、頻繁《ひんぱん》に会って話すようになっていた。入院中も、よく見舞いに来てくれた。

映画を見終わって、映画館から出てきたが、正直、僕はストーリーが今一つ理解できていなかった。それでも、彼に話を合わせながら、感想を言い合った。話がどうもかみ合わない。

「あれ？　なんか変やな」

「うーん、なんやろな…」

そこで、話は、お互いの確認作業になっていった。すると、なんと登場人物の数が合わなかったのだ。僕は、登場人物が服装や化粧を変えたりして出て来ると別の人物と認識していたので、実際の登場人物がかなり多くなっていた。

こうした違和感を覚えたのは、ドラマや映画の中だけではない。極端に言えば、日常生活で目に飛び込んでくるものすべてが、奇妙な感じだった。

例えば、入院中、鏡に映る自分を奇異《きい》に感じることが何度もあった。

こいつ、誰？　と手を振ってみる。笑ってみる。奇妙な光景だ。理屈上は、鏡に映っているのは自分以外の何者でもない。手や頬の筋肉を動かしたら、それに対応して鏡の向こうの「やつ」も手を振って笑っている。しかし、本当の生身の自分であるとは思えない。まるで幽体離《ゆうたいり》脱《だつ》でもしたかのような感覚だった。

病院などで、長い廊下を進もうとするときもそうだ。

足元から向こう側へとまっすぐ伸びた廊下の上を歩いていく。ごく簡単な動作のはずだ。でも僕には、それが、深い谷底のように思えることがよくあった。だから、一歩踏み出すと、下に落ちてしまうように思えたのだ。

（危ない！　落ちる！）

もちろん、そんなことはあり得ない。よく見ると、どこにでもある普通の廊下だ。落ちると思ってしまったのは、まったくの「錯覚」だった。それでも、歩き出そうとした瞬間、足がすくんだら、それ以上、前に進めなくなるのだ。重力が向こうに働いているのではないか…。

こんなこともあった。

ある建物の中の廊下を歩いていたところ、急に壁が目の前に迫ってきたのだ。

(危ない！　ぶつかる！)

僕は、反射的に顔をそむけ、身構えた。

でも、実際には、ぶつかることはなかった。実は、壁は自分が思っているよりも遠くにあったのだ。壁が迫っているのではない。僕が壁に向かって歩いているのだ。どうにも、壁や床、ドアなど、僕の目に見えるものの遠近感がおかしい。


後に、この状態を僕は、「だまし絵のようだ」と説明するようになった。

だまし絵とは、視点の向け方によって、一つの絵がいく通りにも見えるような絵のことだ。例えば、「ルビンの杯」というだまし絵は、一見、グラスの絵に見えるが、少し遠ざけて見ると向かい合う二人の顔が浮かび上がって見えたりする。

僕の場合は、３Ｄの立方体が縦横に並んでいる絵の見え方に近いかもしれない。見方次第で、３Ｄの図が手前に浮かび上がっているようにも、向こう側にへこんでいるようにも見えるのだ。

ただ、そういう分析ができるようになったのは、退院後かなり経過した頃のことだ。退院当初は、なぜそんな感覚を覚えるのか、分析する余裕もなかった。不思議の国に迷い込んだアリスのように、それを冒険として楽しめれば良いのだろうが、とてもじゃないけれど、そんな気になれるはずもない。僕の身に起きている出来事を共感してくれる人もいない。当時は、ただ、いつ遭遇《そうぐう》するかわからない錯覚（僕自身としては、「現実」という感覚だったが）に、びくびくとおびえる日々を過ごすほかなかったのだ。

（いったい、この世界はどうなってしまったんだ！）

壊れたのは、自分？　それとも世界？

「天動説」か「地動説」か。

正しいのは右の世界？　左の世界？

そんな、答えようもない難題に、自問自答していた。

「僕、バカになったみたいなんです」

## 苦し紛れに言葉にならぬ言葉を発し続ける

退院してから、自分の「見え方」の異変が気になってしかたなかった僕は、検査入院当時、医師に「調子はどうですか？」と質問された時、僕は思わず、日ごろの不安を漏らした。

「あのう、よくわかんないんですけど、僕、バカになったみたいなんです」

「え？　どういうこと？」

医師は、突然、僕が「バカになった」という言葉を使ったせいか、いぶかるような目で、尋ね返してきた。

（答えを知りたいのは、こっちの方だ！）

そう思いながらも、その問いに、僕は、感じたままを話してみた。

「えーと…、正面から落ちそうになるんですよね」

「正面？　どこの？」

「廊下とか…。あと、人の顔がずれてわからなかったり…」

「ずれる？　顔の形がゆがんで見える感じ？」

稚拙《ちせつ》に、抽象的な言葉をしどろもどろで並べるしかできないでいる薬物中毒者のような僕に、医師が、話を整理しようと、いろいろな角度から質問してくる。でも、出てくる言葉は、健常者からすれば、恐らくわけのわからないものばかりだった。自分でも、もどかしさを感じたが、思いつく限りの言葉を並べてみても、到底《とうてい》理解を得ることができなかった。


それまでの僕は、「同じ人間」ならば大体能力は同じなのだし、おおよそのことは以心伝心《いしんでんしん》で伝わるものだと思っていた。それに、相手はプロだろという意識もあった。僕が懸命に説明しているのに、医師は全然理解してくれない。だから、「おい、こんなに素人なりにも沢山説明しているのに、どうして分からないんだよ！」という苛立《いらだ》ちがいつも渦巻いていた。

確かに、医師は、僕自身ではないから、その感覚がはっきりとはわからなかったのだろう。

脳神経外科、脳神経内科、脳血管内科、心療内科、精神科、専門もそれぞれだ。

ただ、僕にとって、それまで「お医者さま」と言えば、医学に関してはすべての答えを知る全知全能の神のような存在だった。だから、「病気になったら医者に診せれば何とかしてくれる」と信じてきた。

けれども、こういったもどかしいやり取りを経験した頃から、実はそうでもないんじゃないかと思うようになった。

僕にしか分からない主観的な体験を、医師は客観的に確かめる術《すべ》など何もない。ただ、僕が発する言葉から、僕に起こっている「現実」を想像するほかない。

何より僕自身、自分の身に起きていることが訳の分からないものばかりだった。だから、口から出てくる言葉もやはりあまりにも異様で、支離滅裂にならざるをえなかった。そんな精神異常者のような僕のしどろもどろの言葉に、首をタテに振るだけの心理カウンセラー。

—居場所がなかった。

自分の想像や仮説がそもそも正しいのか、「みんな」と違う、認めてもらえない自分に批判の目を向けて、また周囲（健常者）と同じにならなくては、との強迫観念が増してきた。

もちろん、つらいリハビリに耐え抜き、再び、左半身不随だった僕が自分の足で歩けるようになったことはよかったと思う。母も車椅子から立ち上がった僕を見て、クララが車いすから立ち上がる姿を見たハイジのように、祖父祖母に電話を入れるほどだった。でも、退院して、外へ出歩けば出歩くほど、自分の不思議や不自由さに気付かされ、そのたびに、新たな苦しみが増幅していった。そして、そのことを周囲に何とか伝えようとしても、誰にも本当のところを理解してもらえないという悲しい現実が、僕に重苦しくのしかかってくるばかりだった。

## 「眼が見える」という娯楽
# 理解者を求めて探し回った

脳梗塞の原因が、プロテインS欠乏症であると判明した後も、僕は、釈然《しゃくぜん》としなかった。

確かに、原因が特定できたことで、幾分かは、再発への恐怖が和《やわ》らいだ気はした。しかし、僕の一番の悩みは、まったく解決されていなかった。いつも亡霊のように付きまとう、あの何とも説明しがたい違和感だ。

僕がこんなにも一生懸命訴えているのに、なぜわかってくれないのだろうか。どうすれば、なんという言葉を使えばわかってくれるのだろう…。それほど、医師の反応は「ぬかに釘」。

本当に分かってくれるのか？　そんな思いで未熟な僕の持ちうるボキャブラリーを駆使《くし》して確かめてみても、僕の実情を正しく理解しているとは思えなかった。

ひょっとしたら、僕の言っていることを信じるどころか疑われているんじゃないか。そんな被害妄想が僕に襲いかかってきた。

（誰か、僕の言っていることが正しいと客観的に証明してくれ！）

自分の感覚が医師に伝わらないことがもどかしく、悔しく、そして悲しかった。そのうち、話すことすら億劫《おっくう》になっていった。もう黙り込んで、生涯、健常者のふりで、生きていこうか。クタクタになって、そんな無茶も考えた。

僕に起きている状況を家族に理解してもらえないことは、もちろん、辛いし、悲しかった。ただ、医学的な知識もないのだから、それも仕方のないことかもしれないと、まだ、心のどこかで割り切ることもできた。

でも、専門的な知識を持つ医師でさえもわかってくれない。それなら、ほかの誰が、僕のこの状態を理解してくれるというのだろうか──。

（どうせ、誰も僕のことをわかってくれないんだ…）

同じ人間、相手が、ほんの目の前にいるのに、同じ感覚を共有できていないことに愕然《がくぜん》とした。このままでは、僕は、人を理解することも理解されることもできなくなってしまう。そういう不安がいつも付きまとっていた。

「それ、あるある」

「そうだよね、その感覚、分かる分かる」

理屈や言葉をこえて、僕の日常は、五感による他者との感覚的な「共感」に飢えていた。眼が見える、それは僕の娯楽だったのだ。能力を失って、そんなことを思った。

僕はいじけてしまい、皆と同じ世界から断絶されたような気分だった。

でも、いつまでも落ち込んでいても、状況は変わらない。

僕は、手探りながらも、なんとか、「闇《やみ》」のなかから這い出る方法はないものかと模索《もさく》し始めた。幸い、僕には行動力と知力があった。

そう、僕の最大の欠点で最大の武器、それは他でもないこの「頭脳」だ。

(病院は、ほかにもたくさんある。もしかすると、僕のこの状態を理解してくれる医師がいる病院があるかもしれない)

僕は、ワラにもすがる思いで、病院の情報を集め始めた。情報源は、主にインターネット。

来る日も来る日も、パソコンの検索エンジンに、脳梗塞、脳損傷、異変、見え方…などなど、様々なキーワードを打ち込んでは、ヒットするページに片っ端から目を通した。

## いま抱えている病気と障害

**●先天性の持病・障害**

・プロテインＳ欠乏症

・発達性の障害に関しては18歳のときに脳損傷を起こしたため、現在では器質性の障害と区別できず、不明

**●後天性の持病**

・右中大脳動脈閉塞症・広範囲脳梗塞

**●脳梗塞による後遺症**

**☆身体機能の障害**

・同名半盲（両眼の視野狭窄）

・左半身の麻痺（痺れ、硬直、痛覚）

**☆脳機能の障害**

・視覚失認、相貌失認、地誌失認

・左半側空間無視・左半側身体失認

・左耳聴覚過敏

・失音楽

・癲癇

（＊先天的なもの、後天的なもの、今となっては区別のつかないものもさまざまありますが、いま抱えている性格・能力をすべてとして、生きていくしかないと考えています。）

そんなある日。いつものようにネットで情報収集をしていたところ、ある言葉が、巨大匿名掲示板「2ちゃんねる」で僕の目に飛び込んできた。

—高次脳機能障害。

初めて見る言葉だった。

(これはいったいどんな障害なんだ？　症状は？)

そもそも、言葉の出所も怪《あや》しかったので、さらに検索を続ける。いくつか出典があるページを拾い読みしていくうちに、高次脳機能障害とは、事故で頭部をぶつけたり、脳卒中によって脳が損傷を受けたことが原因で、日常生活になんらかの支障が出る障害であるらしいことが、わかってきた。10年も前、僕に限らず、世間でもほとんど知られていない言葉だった。

障害も様々で、記憶に障害が出る人もいれば、認識に障害が出る人もいる。ほかにも感情のセーブ、論理的思考力…。症状の現れ方は、ざっくり、左脳・右脳という分類でなく、大脳や小脳、前頭葉、頭頂葉、側頭葉、後頭葉、つまり「脳の損傷部位」によってまちまち。だから、視力は正常でも、本人にとっての「見え方」には異常がみられたりするようだ。

そして、こんなことも書いてあった。

「ただし、外見からは障害があることはほとんどわからない。だから『隠れた障害』『見えない障害』と呼ばれることもある」

読めば読むほど、僕の症状に似ているような気がした。

（もしかすると、僕は高次脳機能障害なんじゃないか？　でも、所詮《しょせん》は素人判断だからな。詳しいことがわかる病院が近くにあるといいんだけど…）

僕は、すぐに高次脳機能障害の患者を受け入れている病院が近くにないかを探し始めた。

高次脳機能障害、神戸、病院…、次々に検索ワードを打ち込んでは、何か病院に関する情報がないかを探していった。

「あった！」

兵庫県立リハビリテーション中央病院。

兵庫県内では、リハビリの名門とされる神戸市西区の医療機関だった。

もう、リハビリとは無縁の生活を過ごすものと、僕は思っていた。

### 自分を体系化すると決め込んだ任意入院

## 曖昧にしてきたことが輪郭を見せ始める

早速、両親にそのことを話し、病院に連れて行ってもらった。

両親は、この僕が持ち出した「高次脳機能障害」という言葉をひどく嫌っていた。「高い次元の脳の機能の障害」。字面だけ見ると、大袈裟な感じがしたのだろう。僕は自分へのラベルを探していたが、両親はそんな僕の「人に説明のできる、何者かにラベリングされたい」という心理にまで理解が追い付いていない様子だった。

診察を受けた医師に、僕に起きている様々なことを話した。すると、医師は僕の話に熱心に耳を傾け、ずいぶん僕の思いをくみ取ってくれているように感じた。

ひと通りの診察が終わった後、医師はこう言った。

「長期間、徹底して検査とリハビリをやりましょうか！　入院してもらうことになるけれど」

僕は、医師の力強い言葉を聞いて、少し光が見えた気がした。

高校を卒業して二十歳の誕生日も近くなっていた、遊びたい盛りの僕にとって、半年という任意での入院期間。それはとてつもなく長く感じたけれど、他の誰でもない自分と相談しても、謎だらけの「小林春彦」を体系化するにはそれしか方法がないと確信した。

(よっしゃ！　これで何かわかるかも！)

早速、検査とプログラムが組まれた。まず、CTやMRIで僕の脳のどの部位に損傷が起きているか詳細に見て、「たぶん、こういうことが起きているのではないか」という想定のもとに、検査の内容が決められた。

リハビリの種類は5種類。理学療法、作業療法、音楽療法、言語療法、心理療法だ。検査によって、リハビリの内容が決まることになる。

いよいよ検査が始まった。

検査では、療法士や医師からいろいろな指示を受ける。

「私がこれから数字を言うので、それを逆からたどってください」

「これから私がとる行動を反復して真似《まね》てみてください」

鳥の絵を見せられて、「鳥の種類を思いつく限り、あげてください」なんていうのもあった。

パズルのピースを揃えたり、幼稚園児が遊びとして遊ぶ塗り絵や迷路をさせられたり。

(何だ、こんな検査ばっかり？　これで何がわかるっていうんだよ)

僕がすぐに対応できればその検査は終了して、次の検査に移る。できなければ何度かチャレンジできるが、それでもできない場合は打ち切りとなり、次の検査に進む、といった流れだ。

印象的だったのは、有名人の写真を見て、指定された人物の写真を選び出すという検査だ。

テーブルの上に、数枚の写真が僕に向けて並べられた。

「ここに並べた写真は、みんながよく知っている人です」

(え？　よく知ってるだって？　誰だよ？)

僕はいぶかった。でも、療法士が自信満々に「みんながよく知っている」と言うからには、知っていて当たり前の人たちなのかもしれない…とも思った。そこで、頭の中にある情報を可能な限り呼び集めながら、一人ひとりの顔を見た。でも、やっぱり知らない人だなぁ…。

焦りを隠せない僕をよそに、療法士が、1枚の中年女性の写真を指差して質問した。

「はい、これは、誰ですか？」

華やかな衣装を着ているな、ぐらいはわかるが、名前は知らない。

(え～？　誰って言われても…、こんな人、知らないし！)

「ん～、わかりません」

「え？　わからない？　そうですか。じゃあ、この人は？」

療法士は、また、別の写真を指差した。

中年の男性だ。派手なブレザーを着て、帽子をかぶり、腹巻をしている。でも、やっぱり誰かはわからない。だから、僕は「わかりません」と言うしかなかった。

「え？　ほんとに？　どっちもわからない？」

療法士は、しきりに首をかしげている。まるで、僕が知らないというのが異常だと言わんばかりに…。

後で、写真の女性は演歌歌手の美空ひばりさん、男性は、渥美清さんが映画「男はつらいよ」で演じていた「寅さん」であることがわかった。美空さんは僕が3歳のときに、渥美さんは僕が10歳のときに他界している。「寅さん」の映画も、見たことがなかった。

おじいちゃん、おばあちゃん世代は、よく知っている人たちなのかもしれないが、僕は、二人の存在すら、聞き覚えでしか知らなかった。

後から思ったことだが、当時、高次脳機能障害と言ったら、認知症と似たような扱いであったため、検査で使う写真なんかのツールは、高齢者を想定したものしか用意されていなかったのだろう。検査やリハビリでは、これに限らず世代ギャップを感じたことが何度もあった。

僕があまりに写真の人物を知らないというので、さすがに療法士の人たちも、「記憶障害ではなく、本当に知らないのかもしれない」という結論にたどり着いたようだ。

次の検査のとき、テーブルにつくと、療法士はこういった。

「スマップって知ってる？」

どうやら、戦法を変えてきたらしい。

「はい、もちろん知ってますよ」

スマップなら、よく知ってますよ。テレビにもよく出ているし、バラエティに音楽番組に…。

「では、このなかから、中居くんの写真を選んでください」

中居くんは、知っている。僕は、5人の写真をかわるがわる見比べ、眉間《みけん》と目に意識を集中した。そして、「中居くんは、これ」と指差した。

かなり確信を持って指差したはずだったが、その写真は香取くんだった。

何度かチャレンジしたが、結局、中居くんの写真は選べなかった。


僕の場合、目の機能は働いているので、人物が写っている写真であることは確かにわかる。しかし、「目で見る」ということと、そのセンサーとして目で見た映像を脳というスクリーンで正確に「認識する（映し出す）」ことは、まるで別の問題なのだ。でもそんなことすら知らなかった。これが、僕や家族を悩ませてきた原因だったのかもしれない。

「見える」──それは、「（眼で）見る」と「（脳で）認識する」という二つの動詞を一つに合わせてしまったもの。

普通は、目に「見えた」ものは、認識できているはず、と考えられている。いや、一般の人たちは、そんなことすら考えないだろう。「見えるか見えないか」がすべてだ。目に見えているのにそれが何かわからない、などということに想像が及ぶはずもない。

やがて、この症状は、視覚失認の一つ、「相貌失認《そうぼうしつにん》」という障害によるものだということがわかってきた。


それから、こんな検査もあった。

まず、1枚の紙を見せられる。紙面には、3センチほどの黒い直線が、たくさん引かれていた。線の向きはバラバラで、垂直や水平に引かれている線はあまりなく、どれも斜めに傾いた感じで引かれている。

「すべての線の『真ん中』と思うところに印をつけてください」

タイマーを持つ療法士を前に、僕は、言われた通り、思い思いの方向に引かれている直線を一つひとつ、半分に区切っていった。

もちろん、すべての線に真ん中の区切りを入れた…つもりだった。しかし、結局、僕がチェックしていたのは、紙の右側に引かれていた線だけだった。それだけではなく、二分したはずのチェックも線の右側に寄っている。それは、僕が認識できる範囲が極端に右に寄っている、言い換えれば、左側は認識できていないことを意味していた。

そのように、本来、認識できるはずの範囲のうち、どちらか片方が認識範囲から注意が欠けてしまう障害を「半側空間無視《はんそくくうかんむし》・半側身体無視《はんそくしんたいむし》」と言う。僕は左側の世界を失っていた。これは、実に厄介な病状である。視野の障害とは違う。

左側がよく見えないなら、首を傾けるなり見る対象を右に持ってくるなりすればいいと思うかもしれない。例えば食事のときに料理の皿を自分の右側に来るようにずらせば左側が見えるようになるのではないか、と思う人もいるだろう。しかし不思議なもので、この障害は、注意を向けた範囲の左半分が常に欠けてしまう。だから、どんなに対象を右にずらしても、左半分を認識することはできない。ただ視野が狭いというだけではないのだ。

僕はこの障害に現在も悩まされている。銀行のATMや携帯を操作するときに左側が欠けてしまうので、なかなか、正確に画面のボタンが押せない。食事をしても、皿の左側をうっかり残してしまう。あるときには、勉強でノートに文字を左から右へ書いているときに、ノートを押さえている左手が認識できず、ペンを左に返したときに、ボールペンで思い切り左手の甲をグサッと突き刺し、血だらけにしてしまったこともある。

このように、空間だけでなく自分の身体でありながら、中心軸より半分を無視してしまう。脳ブームやこの障害の特異性から、最近はメディアでも取り上げられるようになったが、その内容には誤解が多い。

この障害は視覚だけでなく五感すべてで生じる。たとえば沸騰したヤカンに手を触れるとか、身体の左側をストーブに向けるなど、「気付かない火傷《やけど》」に注意する必要がある。たとえ、意識していなかったとしても、火傷は火傷だ。いくら痛みは感じないからと言って、皮膚がきれいなまま、ということはありえず、触覚の無視が重大な怪我《けが》につながることもある。

それから、左側から突然声をかけられても気づかない。よくコンビニやスーパーでレジの前に並んでいると「2番目にお待ちの方、どうぞ」とか「次にお待ちの方、こちらに」などと、店員が声をかけることがある。でも、僕は左側から声をかけられても気づかない。だから結局、その列に並び続けてしまうのである。左手に握った携帯電話を「おれの携帯どこいった?」と探し続けるなんていうのは茶飯事《さはんじ》。「左手、左手」と笑われて人に指摘されるのも悔しい。

## どんぐりころころが歌えない
# 大好きだった音楽から逃げるようにして

その後、相貌失認《そうぼうしつにん》、半側空間無視以外にも、失音楽、地誌失認（周囲の道を視覚で理解したり、地図を把握するのが困難な障害）、視覚失認（物体は見えるが、それが何であるかを認識できない）、左耳聴覚過敏（左右で聴こえる音質に違いがある）…。様々な検査を受けるたびに、面倒くさい四字熟語のような障害名が医師や療法士から僕に次々と突きつけられた。

一例を挙げよう。

ある日の音楽に関する検査でのこと。

いきなり、「どんぐりころころを歌ってみて」と指示された。

どんぐりころころとは、説明するまでもなく、日本人なら誰でも知っている童謡だ。これを歌った記憶がない、という人は、皆無と言っても過言ではないだろう。

僕は小さいころから音楽に親しんできたし、中学・高校で吹奏楽部に入っていた。言ってみれば、首までどっぷりと音楽に浸《ひた》ってきた人間だ。誰でも知っている童謡を歌うことなんて、わけもないこと、のはずだった。


「どんぐりころころ…」

(あれ?)

僕は、歌いだしてすぐに異変に気付いた。

何も考えなくても歌えるはずのどんぐりころころのメロディが浮かんでこない。

頭の中から、メロディをヒネり出そうとするが、焦れば焦るほど歌えなくなっていった。どうも、音程も合っていないようだ。僕は、音痴ではないはず…。いや、これは、音痴うんぬん以前の問題だった。音程に注意を向けるとリズムが狂うし、反対にリズムに注意を向けると音程がまるで合わない。幼稚園児でも歌える「どんぐりころころ」なのに…。

僕は、焦りと同時に、混乱した。なんで歌えないんだ？　どうしてメロディも浮かばないんだ？　難しくもなんともないはずなのに。

本当は、入院前から、こうした音楽に関連した異変にはうすうす気づいていた。ただ、原因だってわからなかったし、一過性のものかもしれない、という淡《あわ》い期待も抱いていた。しかし、状態は改善していなかった。

もしかすると、左耳聴覚過敏のせいかな、と思ったりもした。聴覚過敏があると室内の空調や風の音、木々のざわめきなどの聴こえ方が左右で微妙に違う。特に左耳から入ってくる音が大きく聴こえるのがストレスだった。音楽は、基本的に耳でキャッチするものだから、失音楽との関係性も捨てきれなかった。

そこで、左半側空間無視で楽譜が読めないからなのか、それとも左半身の麻痺で反射能力が落ちているから楽器がうまく弾けないのか、左耳聴覚過敏なのか、単純にブランクがあるからなのか、僕の健常時代最後の演奏となった追悼演奏前後に起きた出来事によるトラウマのためなのか、など、原因を特定するために、多方面から精密な検査をしてもらった。

その結果、医師は、診断書に「失音楽」と書いた。物心ついたころから、音楽が生活の一部になっていた僕にとって、これほどショックなことはない。「音楽を失う」という言葉の響きも痛かった。

失音楽は、歌を歌ったり楽器を演奏したりする能力が失われるほか、音を聴く能力にも異変が起きる。人によっては、それまで好きで何度も聞いたはずの曲なのに、何の曲かわからず、CDケースを見て初めて自分が好きだった曲だと気付く、といった例もあるらしい。

僕の場合、同じ曲でも、それを演奏する楽器が変わると同じ曲には聞こえないことがあった。療法士からは、「考えすぎだよ」と言われていたが、表面的な励ましにしか聞こえなかった。焦るほど、泥沼にはまっていく感じがした。

現在では、音楽活動ができるほどに、症状は改善している。そのことからすれば、脳機能の問題に加えて、追悼演奏のトラウマ（音楽を奏でると大事な人との別れが訪れてしまう、自分が死に至る病気になってしまう）や、自己否定が続いたための自己催眠といったメンタル的な要因も大きかったのかもしれない。

でも、当時の僕は、張りつめた糸のように精神的に緊迫していて、まったく余裕がなかった。今、振り返ってみても、あの頃の僕は、かなり混乱していた。

音楽は、僕の心のよりどころ。中学・高校時代に輝かしい思い出が作れたのは、音楽があったからに他ならない。なのに、それが僕の悩みとして重くのしかかってくる。

難しいことを言うようだが、ふつう、音楽はリズム（拍子）、メロディ（旋律）、ハーモニー（和音）で構成される。楽譜には時間軸も含めてそれらがすべて記述されている。だけど、それらバラバラの要素をそれぞれ単一のものと理解して表現・傾聴する人は少数派だろう。

少なくとも、脳梗塞を発症する前の僕は、そうでなかった。

僕が入院前に一番気にしていた嫌な予感が、診断という形で的中してしまった。

歌えない、聴けない、楽譜が読めない、麻痺で楽器が弾《ひ》けない、自分の身体や生きる世界も左右で対称性を欠いてしまった…。現実問題としてそんなことが続いているうち、僕は、あんなに好きだった音楽を聴こうという気すら、失せていった。

そして、結局、僕は病気で倒れてから3年くらい、街に流れるBGMでさえ耳に入ってくるのが辛いほど、音楽に手を伸ばせない苦しい時期が続いた。

## 「治療」なのか「支援」なのか
# リハビリへの複雑な想い

検査とリハビリを始めて、早や、数か月が経った。

ここに来れば、何かがわかるかもしれない。一歩、進めるかもしれない。うまく行けばもと通りになれるかもしれない…。そんな期待をもって臨んだリハビリ生活だった。

確かに、この病院に来て初めてわかったことも多かった。これまで家族や医師に訴えてもわかってもらえなかった病状の原因が、徐々に明らかになっていった。

でも、心が晴れることはなかった。普通なら、それまで言葉にもできない困難の原因がわかったのだから、もう少しうれしい気持ちになってもよさそうなものだが、僕の気持ちは晴れるどころか、ますます混乱するばかりだった。いやむしろ、困難の正体が明らかになるにつれて、どんどんメンタル的には追い詰められていく感じにすらなった。

（これから、どうなっていくんだろう…）

リハビリセンターでは、学校の時間割のように、びっしり詰まったスケジュールに沿って検査やリハビリをこなし、同じ病棟の中での「リハビリ仲間」もできた。福知山線事故の慰霊式をきっかけに再会した中澤も、よく見舞いに来てくれた。

そういった意味では、はたからは、充実した日々を送っていたように映ったかもしれない。

確かに、リハビリを始めた頃に比べたら、自分ができないことやできない理由はわかった。

でも、あの「違和感」が改善したかと言えば、大して改善しているようには感じられなかった。

療法士たちは、何らかの資格を持つプロだ。僕が難治性《なんちせい》の高次脳機能障害であることは、知っていたと思う。でも、僕は年齢的にも若いし、何より外見が普通だったこともあって、努力次第で完治する可能性が高いと信じ込んでいたフシがある。

僕だって、歩行すらままならなかったところから、強い精神論とリハビリで二足歩行を勝ち取った。だから、この足のように、ほかの障害も克服してみせる…。治る可能性があると言うのに、やらなかったことで、「努力がたりない」とか「甘え」だとも思われたくない。

現場ではお互いがそんな考えだから、目指すべき理想像やリハビリのハードルはどんどん高くなっていく。でも、それとはうらはらに、同じパターンによる失敗の堂々巡り。完治(究極を言えば健常者になる)というゴールには到底たどり着けないというリアルな思いが、僕の中で強くなっていった。

回復を諦《あきら》めたくない。でも、次々に厳しい事実を突きつけられる状況で、病院の中にいて、リハビリとは「治療」なのか「支援」なのか。その区別すら、つかなくなっていた。

## 中高の先輩との再会が転機に
# 病室からメールを送り続ける

そんな時、僕は、中高時代の吹奏楽部のOBと再会することになった。

再会の相手は、内田智之さん。僕の3つ上の先輩だ。あの「なんでやねん事件」も、リアルタイムに知っている…。内田先輩は、クラリネットを担当していたこともあって、毎日パート練習で顔を合わせ、きさくな感じで、よく面倒を見てくれていた。

当時、テレビ朝日系列局のアナウンサーとして活躍していた内田さんは、僕の話を聞いた後、こんなことを教えてくれた。

「小林のような障害者について議論している研究室があるよ」

メールで丁寧にリンクまでつけて送ってきてくださった。

—東京大学先端科学技術研究センター。

「東京大学」という響きが懐かしかった。東大ならば、自分の障害について、もっと詳しくわかるかもしれない。先端をいく研究室なら、具体的な対策や治療法もわかるかもしれない。

何よりも、それまでの環境で育んできた、気合・努力・根性を出せば、何だってできるはず、可能性は無限大。甘えは敗北だという強迫的な精神論。そこから合理論にシフトできるのではないのかという期待があった。

聞けば、その研究室を率いる中邑賢龍《なかむらけんりゅう》先生は、心理学をはじめ発達障害や自閉症などが専門。人間支援工学という分野で、様々な分野の研究者を集め、テクノロジーによって障害者の困難を補うことはできないかというダイナミックな研究をしているらしい。

当時、自分の病状に閉塞感を感じていた僕は、この話に大いに期待を膨らませた。その期待には、多分に「希望的観測」が含まれていたが、とにかく現状を打破したいという強い思いが僕を行動に駆《か》り立てた。

早速、僕は病室に持ち込んだパソコンを使って、中邑先生へメールを送った。いや、送りまくった、というほうが正しいだろう。

中邑先生はお忙しい方だったので、すぐには返事が来なかったが、とにかく来る日も来る日も、メールを送り続けた。

すると、ある日、中邑先生から返事が来て、会ってくれることになった。

「今度、インテックス大阪で開催される学会の発表のため、関西に行きますので、よかったら会いませんか?」

僕はさっそく、希望の日時と場所を確認するための返信メールを送った。

18歳のビッグバン　第4章

# 自分探しの日々

中邑賢龍先生と運命のチラシ

## 精神論から合理論への道標

待ち合わせの場所に行くと、中邑先生がにこやかに迎えてくれた。中邑先生とは、メールでは何度かやり取りしていたが、直接会うのはそのときが初めてだった。

東大の教授をしているくらいの人物だから、僕にとっては雲上人《うんじょうびと》。「とにかく偉い人なんだろう」とは思ったが、そこから先は、あまり想像できなかった。ただ、大学教授と言えば、気難しいというイメージだけはあった。だから、「会う」とは言ってくれたものの、どんな話の展開になるか…、正直、少し不安だった。

でも、初めて会った時の中邑先生の印象は、柔和で気さくな紳士。そして、拍子抜けするほど、陽気な方だった。

簡単なやり取りをした後、先生は、笑いながらこんなことを言った。

「いや〜、『先端研』って略されるところに僕はいるんだけど、僕らのやってることは『末端研』なんだよね。ははは！」

中邑先生は、東京大学先端科学技術研究センターの教授を務めている。東京大学先端科学技術研究センターは、略して「先端研」と呼ばれることが多い。

でも、先端技術は誰もが使えるわけではない。例えば、パソコン一つも先端技術だが、年齢や環境、制度が邪魔する場面によっては使えない人も出てくる。だから、「末端」を見ながら、誰でも使えるようにするにはどうすればよいかを考えるのが自分の立場、と先生は思っているらしい。それで、「末端研」という言葉を使ったようだ。

僕は、それを聞いたとき、正直、意味がまったく呑み込めなかったが、その場はとりあえず、「え〜、先端研やのに末端研っすか」と合わせて笑うしかなかった。

ともあれ、いきなり、初対面の僕に、余裕でユーモアを飛ばした先生に、一気に親近感が深まったのは事実だ。その後、先生のジョーク好きを知ることにはなるのだが…。

ただ、先生は東大の一組織を率いているだけあって、発する言葉には独特の迫力と説得力があった。そして、相手が誰であれ、自分が確信していることは臆せず言い切る性格であることが、その後、徐々にわかってきた。先生自身は、そのことを「空気が読めない変人さ」と少し自虐的に自己分析してみせるが、それだけ信念を貫く意志が強く、いわゆる「軸がぶれない人」なんだと自信を感じた。

僕は、先生のオープンマインドな人柄に甘えて、ずっと悩んできた大学への進学について相談をもちかけてみた。

「僕はまだ、大学に行きたいという気持ちを持っているんですよ」

僕はすでに2回、大学入試センター試験にチャレンジしていた。1回目は高校3年生のとき、2回目は病気で倒れた後だ。

1回目は、健常者として普通に受験したが、学力が足らずに、浪人を決め込んだのは既に書いたとおり。2回目のときは、一応、日常生活を送れる程度には回復していたけれど、半側空間無視や視野狭窄の障害もあって、問題文すらまともに読めず、撃沈《げきちん》してしまった。

しかし、当時の僕は、そういった文字そのものの、読み書きも含めて自分の「実力」として評価されている、などと本気で思い込んでいた。

当然ながら、試験は配布された問題用紙に書かれてある文字を正確に読めることが前提だ。同様に、配布された解答用紙もどこへ記述・マークするのかが分かっていることが前提だ。それすらできなかった僕が、何度受験したって、正しい評価がされるはずもない。そのときは、受験したいという熱意だけはあったが、まったく改善策も浮かばず、どうしたものかと途方に暮れていたのだった。

「困るのは、配られた用紙の文字がちゃんと読めないことなんです」

僕は、常に抱いていた困難の事情をぶつけてみた。

前にも書いたように、左半側空間無視は、視野の左半分が欠けてしまう障害だ。それは、本や書類の文字を読むときも同じで、僕はいつも文字を読むだけで、青息吐息《あおいきといき》の状態だった。

特に困るのは、重要な文章を読み飛ばしてしまうことだ。しかも、注意を向ける対象ごとに左半分が欠けるので、一文字一文字、正確に意味を捉えていくこと自体が難儀な作業だった。

具体的に例も挙げて説明した。

・接尾語が似た単語、たとえばmotherがotherになる。
・横書きの文章が一番右まで読み切って左に戻る時、次の行の場所が分からない。
・理数系科目で二桁を超える計算を目で追えない。
・日本語も戸惑うが、文脈上「持つ」が「待つ」なわけはないと推定できる。
・有機化学の炭素骨格や物理の図、幾何学を把握するのが辛い。

僕は、先生の優しいお人柄に安堵《あんど》したからか、思わず受験に対する心情や苦悩を矢継《やつ》ぎ早《ばや》に吐露《とろ》していた。先生はそれを黙って頷きながら聴いてくれた。そして、それだけではなく、やがて具体的な提案までしてくれたのである。

「拡大鏡を使うというのはどうかな。色の付いたクリアファイルを通したら文字が見やすくなるかもしれない」

そして、こう付け加えた。

「ま、ほんとは、パソコンを試験会場に持ち込んで読み上げソフトを使うとか、誰かに読み上げてもらえれば一番いいんだけど。あと苦手分野を迂回《うかい》して、別科目の得点率を上げてもらうとか、できるといいよね」

ただし、その内容にすべて納得できたわけではなかった。

(クリアファイル？　蛍光ペン？　読み上げ？　試験でそんなことできるわけないやん…)

実は、障害者となって初めて受けた2度目の受験時には知らなかったけれど、センター試験では申請が認められれば、視覚障害者は点字の使用が認められたり、聴覚障害ならリスニングがパスできたりする。また、それと合わせて試験時間の延長措置もある。

障害者の間では、当たり前のことだったのかもしれない。だけど、突然、障害者になったばかりの僕にはそんな制度があることも知らなかったので、先生の提案が全部、絵空事のように思えてしまったのだ。何より、僕自身が特別措置などという「特別」な制度を使うことに甘えやズルさのような引け目を感じていた。

今となっては、洗脳に近いものがあったようにも思うが、「努力・気合・根性」が合言葉のような精神論のなかで中学高校時代を過ごした僕は、自分の障害なんて、努力で乗り切れるはず、と心のどこかで思っていた。それに、人を優先するという日本人の美徳のような姿勢は、特別措置に「逆差別」のようなものを感じさせた。

だから僕のような傍《はた》からは軽度にしか見えない障害しか負っていない人間が、障害者を名乗って「特別」な措置を受けるなんて、言語道断《ごんごどうだん》。そんなふうに、自分で自分を追い込んでいたから、中邑先生の突き抜けた話に、どこか身構えてしまったのかもしれない。僕の抱えた問題は、制度的・物理的なものより精神的なものだった。

ただ、僕の話に真摯《しんし》に耳を傾けてくれたうえで、僕の感じている「困難」に対しなにがしかの「具体的なアイディア」を提示してくれたことは、とてもありがたく、嬉しかった。それが現実的な解決策かは置いておいて…。

そんなことをつらつらと考えていると、先生が、「ああ、そうそう」と言いながら、おもむろに1枚のチラシをバッグから取り出してテーブルの上に置いた。

それは、東京でのイベントの案内だった。

〈障害のある中・高生のための講演会『君たちは大学に進学するために何をすべきか？』〉

「今度、東京でこんな講演会があるんだけど、どうだい？」

「そうなんですね。へぇ〜」

僕は、タイトルを見て、自分の今の状況に合ったトークイベントのようだなとは思ったが、それ以上はあまり深く考えず、チラシを前にぼんやりと眺めていた。

それから、中邑先生は、翌年の2007年から「DO－IT Japan」という障害のある学生を最先端の技術で支援するプロジェクトを東京大学が主催となって始めることを話した。

実は、この「チラシ」が、その後の僕の人生を大きく変えていくことになる。

## リハビリという迷路で光を探していた

### 「治す」ことよりも「気づく」こと

病院に戻った僕は、中邑先生との会話を思い出しながら、いまの状態を何とかしなければという思いがますます強くなった。

特に、中邑先生に言われたある言葉が、頭から離れなかった。

「小林くんがやるべきことは、『治すこと』より、『気づくこと』だと思うよ」

先生は、こんなことも言っていた。

「時間がもったいないよ。もう、小林くんにできないことは、ある程度わかったんだから、それを治そうとするんじゃなくて、代替手段で補えばいい。そういう方法を探ったほうが、時間を無駄にしなくて済むんじゃないかな。どうしてできないか、よりもどうやったらできるか。人だってテクノロジーだって君に味方してくれる。若さには限りがある。できないことを受け止めて何かに頼ること。それは、諦めでも、妥協でも、まして居直りでもない。次のステップへ進むための、合理的な判断なんだよ」

何事も合理的に考える先生の言葉の一つひとつが、どこか腑《ふ》に落ちる気がした。

リハビリセンターで、僕ができないことがおおよそわかった。そして、その原因もある程度判明した。そのことにはある意味でとても感謝している。

それに、僕のいた病棟は居心地がよかった。ここに入院している人たちは、みんな何かしら事故や病気によって中途障害を抱えているから、同じ釜の飯を食いながら、障害を克服しようという連帯感みたいなものも確かにあった。

けれども、僕の「障害の克服」という一点に限って言えば、正直、もう頭打ちの状態だった。毎日ハードにリハビリをこなしていたが、すでに予定の半年が経とうとしているのに、改善の様子はほとんど感じられなかったからだ。

そもそも、僕が健常者に戻ることができるのだろうか。その可能性がないのに、これだけの膨大な時間を「投資」し、果たしてどれほどの「リターン」が得られるのだろうか？

僕の苛立ちは日に日に募っていった。

とは言え、やめるきっかけもつかめずにいた。

（どうしよう。どこでどう区切りを付けようか…）

僕は、リハビリの「出口」を探りあぐねていた。

病院を抜け出してシャバへ

## キケンな二十歳の誕生日

２００６年12月17日。

治療、検査、リハビリ、という流れの中で、医療の素人である僕が、その流れを断ち切るというリハビリの「やめ時」を探っていた。そのうち、僕はついに二十歳の誕生日を迎えることになった。

（二十歳の誕生日を病院で迎えるとはな。先の見えないまま、成人か…）

そんなネガティブなことばかり考えている頃、中澤がふいに見舞いに来てくれた。

いつものように他愛《たあい》のないスケベな話をしているうちに、盛り上がって、病院を抜け出して気分転換でもしようぜ、という話になった。

「もう、二十歳になったんやし、シャバで、酒でも飲もうや」

自分の先行きにくよくよと頭を悩ませていたからか、中澤の提案がとても魅力的なものに感じた僕は、間髪《かんぱつ》入れず、「よっしゃ、行こ！　行こ！」と叫んでいた。

果たして、病院脱走は決行された。その時の僕は、ちょっとした冒険気分だった。次の日、看護婦からこっぴどくお叱りを受けることになるのだが…。


「どこ行く？」

「いま、ルミナリエやっとんちゃう？　おれ、行ったことないねんよ」

僕は流行りものに疎《うと》い。関西に住んでいたのに未だＵＳＪにすら行ったことがないし、東京に来てからはディズニーランドにも行っていない。ルミナリエは、あの阪神淡路大震災で亡くなった方の追悼、鎮魂《ちんこん》、そして神戸市の復興を祈る意味で始まったイベントだ。以来、神戸の冬の風物詩となっている。豪華なイルミネーションが施され、毎年、たくさんの人が訪れる。

一人で行くのは気後《きおく》れするが、一度くらい見てみたいと思っていた僕は、中澤をルミナリエに誘った。現地に着くと、きれいなイルミネーションに見とれた。

「めっちゃ綺麗《きれい》やん」

「うん、めちゃめちゃきれ〜…」

ふと周りを見渡すと、アツアツのカップルであふれていた。野郎二人で来ているのは、僕たちぐらいだった。

「鎮魂のイベントやのに、なんでカップルばっかりやねん！」

「ほんまそれな！　くそぅ！」


僕たちは、病院に戻ることにしたが、戻る前に、どこかで明石焼きでも食べながら潮風《しおかぜ》にあたろう、という話になった。

病院は明石に近く、ルミナリエからの帰り道、レインボーカラーにライトアップされた明石海峡大橋が見える。話がまとまると、コンビニで安い赤ワインを調達し、明石海峡大橋が見える市場で潮風にあたりながら、出汁をすすって、崩れた明石焼きを口にした。

「あっつぅ…、けど、うまい！」

「うん。めっちゃ、あったまるな～」

寒い冬空の下、温かい明石焼きが身体を温めてくれる。赤ワインは値段どおり…だったが、まあこんなもんだろう、と言いながら、二人で飲んだ。

ルミナリエ、瀬戸内海、明石海峡大橋…、デキてもいないヤロウ二人が辿《たど》るには、少々ロマンチックすぎるコースだが、今では「おれら、クリスマスシーズンに男二人で、何やってんねん！」と笑い話。

## もう一度、新しい場所でチャレンジしてみよう

# DO‐IT Japanのメンバーに選ばれる

2007年7月、僕は東京にいた。

「DO‐IT Japan」プログラム（以下、DO‐ITと言う）に参加するためだった。

「DO‐IT」とは、Disabilities（障害）、Opportunities（機会）、Internetworking（インターネットの活用）、Technology（テクノロジー）のそれぞれの4つの頭文字をとってDO‐ITで、障害のある小学生、中学生、高校生、そして大学生を継続的にテクノロジーで支援し、産学官連携で世の中を変えていくプロジェクトのことだ。

1年前に初対面だった中邑先生から受け取った「チラシ」にあった東大の講演会をきっかけに、僕はDO‐ITのメンバーに応募していた。そして、数多くの日本全国の応募者の中から、見事、小論文と面談を経て第一期生の10人の中に選抜されたのだ。

リハビリも、いろいろ考えた結果、あえて僕の方から「卒業」することにした。

人は印象の生き物だ。自分の持っている基本的な能力と同じだけ、他人にもその能力の存在を期待する。それゆえ、外見から分からない障害を抱えている人には、到達地点の分からない

リハビリのメニューが延々と用意されてしまう。

自分が、どういう状態にあるのか。どこに得意不得意があるのか。その加減を見せてくれたリハビリセンターには感謝している。でも限りある人生を考えたとき、自分の意志で見切りをつけなければ、だらだらといつまでもリハビリが続いていく気がしたので、僕は任意の入院に終了を申し出ることにしたのだ。

自分一人の力ではどうにもならない「限界」をテクノロジーや何かで補うこと、人に自分の困難を説明して配慮を得ること。それを今、僕は「可能性」と呼ぶ。

DO－ITへの参加を目前に控え、僕は、久しぶりに昂揚感《こうようかん》を覚えていた。

もちろん、新しい環境に飛び込むのだから、不安がないと言えば、ウソになる。でも、自分の弱点はある程度は把握できていたから、以前よりは心の準備ができている。文字を読むこと一つをとっても、以前は、自分が左半分を見落としていることを知らなかったので文章が理解できないことが不安だった。でも、いまはそれを前提として文章に向かうことができる。

それに、リハビリセンターでは、毎日リハビリや検査が中心で受験勉強にもあまり打ち込めなかった。そのことにだって僕は少なからずフラストレーションを感じていたのだ。

実はリハビリの期間中も、少しでも学力を落とすまいと、目を酷使《こくし》しつつ時間を見つけて問題を解くことがあった。特に数学は大好物だったので、小難しい数学の問題を解くことは、僕にとって勉強と同時にある種の気分転換にもなっていた。

あるとき、病室で持ち込んだ参考書を広げていたら、見回りに来た療法士の方がこんなことを言った。

「へぇ、大学受験、するの？」

「おう、するんだよ」

僕は心の中で小さく舌打ちをし、問題集を閉じてこう返事した。

もちろん、その療法士に悪意はなく、ただ頑張って勉強している僕を励まそうとしてくれていただけなのだろう。

ただ、日ごろ、ごく簡単な漢字の書き取り、パズルや塗り絵、迷路といったお遊戯《ゆうぎ》のようなことをリハビリのメニューでやっていた僕が、弱々しいパジャマ姿で、大学レベルの数学に取り組んでいることに違和感を持たれているのではないかという疑念が僕の中で渦巻いていた。

リハビリ中心でなかなか勉強時間が確保できないなか、焦っていた僕には、そんな声掛けが逆に苛立《いらだ》ちの原因となっていたのだ。

そんなとき、中邑先生の「なあ、もうやめにしたら？　春彦」という言葉を思い出して、僕は迷いをふっ切ることができた。

DO－ITには障害を持つ学生の大学受験の支援も含まれていた。これからは心置きなく大学受験の準備ができる。最新のテクノロジーを使って、各自の弱点を補う方法を専門家が指導する時間も組み込まれていたから、このプログラムに参加することで、せめて問題文がきちんと読める良い方法が見つかるかもしれない…。

大学受験が念願だった僕にとって、DO-ITはまさに「渡りに船」だったわけだ。

DO-IT事務局として参加されていた巖淵守《いわぶちまもる》広島大学助教授、近藤武夫《こんどうたけお》先端研助教（現在は、ともに東大先端研准教授）のお二人は、のちに僕の学習における困難をテーマとした研究の中心人物となる。巖淵先生にはDO-ITへ応募したときわざわざ神戸の自宅までヒアリングに来ていただいており、その優しい語り口には親しみと信頼感を感じていた。近藤先生も、僕が上京してメンタルを崩していたとき、心理学的なアプローチで気持ちを整理してくださった。

## 障害の「受容」について考え始める

### ラベルが付いたと思えばまた疎外感

DO-ITの開会式は、東京大学先端科学技術研究センターでおこなわれた。

レセプションのオープニングは、東京大学の小宮山宏総長（当時）がスピーチをされた。

都内を中心に開かれるプログラムは、マイクロソフト本社での講義やパソコンを使った実習、トップランナーのラボ見学に教授の講義、障害を抱えた学生の入試に関する相談など、とても充実したものだった。宿泊は、新宿の京王プラザホテル。晩には、高層階のスイートルームで、その日一日の出来事や日常の悩みなどを語り合う「分かち合い」もおこなわれる。DO－IT発祥《はっしょう》の地であるアメリカからは、ワシントン大学の学生がやってきて、体験を語ってくれたり……、とにかく内容は充実していた。

講義に出席したのは、予備校以来で、僕にとっては、どれも新鮮で刺激的なものだった。それなのに、僕の気持ちは、なぜか、ネガティブな方向に向かっていった。

DO－ITでは、メンバー選考の際、特に障害の種類は問わない。だから、仲間の障害も多種多様だった。あるメンバーは、車いすに乗っていた。また他のメンバーは、白い杖を持っていた。耳が不自由で補聴器をつけている人もいた。メンバーのほとんどは、一見して、すぐに何がしかの障害者だとわかる人達ばかりだった。

一方、僕はと言えば、高次脳機能障害があるとはいっても、外見からは健常者とまったく見分けがつかない。確かに、目の「見え方」に問題があるものの、一応、目の機能は働いているし、耳もちゃんと聞こえる。この頃には、松葉づえに頼らずとも二本足で普通に歩いていた。左半身には、痛みや硬直、麻痺があるが、たぶん、普通に座っている分には誰も気づかない。

リハビリセンターで出会った「リハビリ仲間」も障害者ではあったが、僕のいた病棟の患者は似たような感じで、外見から明らかにわかる何か障害を持っている人はむしろ少なかった。ただ、不思議だったのは、その一見して障害者とわかるメンバーが、どこか自分に自信を持ち、堂々として見えたことである。

（なぜ、あんなに、笑顔でいられるんだろう？）

それまでの僕は、漠然とだが、障害者は皆、とても辛い人生を送っているに違いないと思い込んでいた。

もちろん、障害を抱えて生きることは、並大抵のことではない。事実、僕は注意を向けた半分が欠けるだけでも、絶望の淵をさまようような気持ちで悩み苦しみ、時に自分の運命を呪いもした。ましてや、その後失明でもしようものなら、到底、その現実を受け入れることはできなかったに違いない。

でも、いま目の前にいるメンバーたちは、一見して僕より大きな障害を背負っているはずなのに、そういう僕が抱えているような悲壮感が見えない。それどころか、むしろ僕なんかよりはるかに自己肯定感が高く、しかも逞《たくま》しくて、幸せそうに見えたのだ。

例えば、車いすに乗っているメンバーは、電動車いすに「デンゴロ」と呼び名を付け、自分の手足のように操《あやつ》っていた。僕も入院中に、車いすを使っていた時期があったが、思うように動かせず、みじめな思いをしたものだ。でも、彼にそんな悲壮感は感じられなかった。

その原因はどこにあるのだろうか。ほかのメンバーたちは、僕より年下なのに、それぞれに自分の障害を自分なりに理解し、人との関係を築いていける、「受容」、つまり受け入れていたのではないか。

それに引き換え、メンバーの中では誰よりも健常者に近い身体機能を持っているはずの僕は、「自分みたいな人間が障害者と言ってもいいのだろうか」という思いを抱きながらも、わが身の現実を受容できず、症状の変化に一喜一憂し、いつもあたふたしている感じだった。

病気で倒れてからの僕は、友人たちにコンプレックスを感じて、少し距離を置くようになってしまった。それは、彼らが健常者で、僕が障害者だからだ、と極端に線を引いてしまうのが簡単だったから。

DO－ITへの応募を決めたのも、障害者といれば、健常者といるときのような劣等感から解放されるかもしれないという期待を抱いたからだ。

でも、現実はむしろ逆だった。

本来なら、大勢の中から最先端のプログラムに選抜されたのだから、もっと胸を張っていいはずだ。そう、僕は障害者として選ばれた人なんだ。ここにいるということは、障害者にカテゴライズされたということなんだ。それなのに、なぜか肩身は狭かった。

その頃から、僕は、それまではあまり考えたことがなかった「受容」について、いろいろと考えるようになった。そしてその後も、わが身に生じた障害をいつまでも「受容」できない自分に対峙《たいじ》し、苦しむことになる。

## 家族の反対を押し切り東京へ
# 親離れ子離れと憧れに身を任せ

僕が病気で倒れてから3年近くが経とうとしていた。

幸いにも、生死をさまようような重篤《じゅうとく》な状態からは脱していたし、日ごろ抱えてきた「もやもや」の正体もある程度わかっていた。

にもかかわらず。僕の心にはいつも暗い霧がかかっていた。

理由がわかったからといって、生活上の「困難」が消えたわけではないし、家族との関係性も相変わらずギクシャクしたまま。

それどころか、姉との関係はますます険悪になった。

ある時、「あたしが社会人なら、あんたみたいなの、まず信用しないから」と突き放すように言われたことがあった。僕はマジになってキレた。

「お前に何が分かんのじゃ!」

このときの喧嘩が僕の心をあまりにひどくえぐったので、それ以来、姉とは何年も口をきかない状態が続く。

そんな日々を過ごすなか、僕のなかでは、ある思いが膨《ふく》らんでいた。

それは、東京で生活すること。

高校のころから、東京には憧れがあった。東京の理系の大学に進んで、できれば、音楽活動もやりたい。漠然とだが、そんな将来像を描いていた時期もあった。

特にDO－ITなどで東京に行く機会が増え、やはり東京で生活したいという思いが募《つの》っていった。東京なら音楽活動ができそうだったし、何より、健常時代の自分を知る人たちが周りにいない。一度、そんなまっさらなキャンバスに自分の新たな人生を描いてみたかったのだ。

（よし！　東京へ行くぞ！）

思い立ったら、実行しないと気がすまない僕は、両親との交渉を試みた。

「あの、話があるんやけど」

「？」

「突然、どうしたの？」

「実は、東京で生活をしたいと思っていて」

「え、どこからどうして、そんな話が出てくるの！」

「う〜ん。そうは言っても、そんな身体で、一人暮らしは無理やろ」

両親ともに、けんもほろろだった。

確かに、このときの僕の決断は、あまりに短絡的で無鉄砲すぎたかもしれない。僕の病状を考えると、親が反対するのも無理からぬ面があった。進学や就職といったカタい理由もない。だから、何度か交渉を試みたが、上京への許可はなかなか下りなかった。


（どうしよう…）

それでも、僕は何としてでも東京に行きたかった。というより、ギクシャクした家を出て、人間的なしがらみのない新天地に身を置きたいとの気持ちが強かった。だから、無理にでも適当な言い訳をひねりだして、粘り強く交渉を続けようと思った。

ちょうどそんな折、東大の先端研で僕を研究補助のバイトで雇おうか、という話が近藤先生から舞い込んできた。そこで、僕はそれを口実に両親の説得を試みることにした。

最終的に何を決め手に言ったのかは覚えていないけど、あのときは、とにかく、必死だった。あの手この手で思いつく限り「家を出ていく理由」を並べたてていた。

結局、両親は僕の粘り腰に根負けして、しぶしぶながらも、上京を許してくれることになったのである。

視野が足りず車の免許もなかったから、身分を証明してくれるものは、とりあえず障害者手帳だけ。世間知らずが、若さに任《まか》せ新幹線に乗って家を飛び出したようなものだった。

（もう、家には戻りたくない。まして姉貴の顔なんか、二度と見るもんか）

ストレスフルな東京生活

## 新しい場所も甘くはなかった

ようやく、念願がかなって上京することができた。

だが、憧れの新天地での生活は、決して容易なものではなかった。慣れない土地で暮らす分、僕の「困難」がますます増幅することになったからだ。

僕は、地誌失認《ちししつにん》という障害を抱えている。これは、特に建物や道路などの地理的な位置関係の理解が困難になる障害だ。

例えば、自宅と職場を行き来する場合、普通は、道に迷うことはない。しかし、僕は、一度通った道でも、反対から戻って通ると、全く別の道を通る感覚になってしまう。しょっちゅう通る道にしても、朝と夜ではまったく違う道のように思えてしまうのだ。

通い慣れた道でさえも、そういうことが起きるわけだから、右も左も分からない大都会では、なおさら道に迷うことが多くなった。

それだけではない。音楽をやりたいと一般吹奏楽団に所属したのはいいが、僕の特異な障害のせいで人間関係がうまくいかなくなり、逃げるようにして退団したこともあった。

その第一の原因は、僕の相貌失認《そうぼうしつにん》だ。この障害を持つ僕は、人の顔を正確に認識できない。だから、同じ日に同じ人に何度も挨拶したり、違う名前で呼びかけたりもしていた。

第二の原因は、左半側空間無視。音部記号、拍子、調号、臨時記号など演奏するうえで重要な情報の多くが楽譜では左に記述されている。音楽は時間芸術なのだから、待ったなし。僕はこの障害のために、ろくに楽譜も読めず、合奏でも、みんなの演奏についていけなかった。練習量も楽譜の加工も人の倍はいる。

何よりもその頃は、まだ自分が障害者であることをオープンにする勇気がなく、周囲には隠し通していた。あるとき、誰かが僕に「小林さん、キョドってる感じがする」と言って冷汗をかいた。確かに、僕の障害事情を知らない人にしてみれば、僕は明らかに「挙動不審者」だ。

その後も、トライ&エラーでいくつかの楽団に所属したが、僕のメンタル的なキャパも限界に達し、みな同じような理由で長続きせず、結局、5つの楽団を転々とするはめになった。

ことほど左様に、上京したての頃は、毎日がとにかくストレスでいっぱいだった。

ストレスと言えば、こんなことがあった。

上京して間もないある日のこと、電車を降り、駅の階段を降りようとしたところ、急に全身がだるくなり、ぴくぴくと小刻みに震えだした。けいれんを起こしたのだ。身体に力が入らず、どうしようもなくなり、階段から滑り落ちてしまった。

「うわっ、痛ぁ〜!!」

一瞬、肉体的な激痛が走った後は、意識が朦朧《もうろう》として、自分でも何が起きたか、まったくわからなくなった。

救急車で運ばれて、医師の診察を受けたところ、「癲癇《てんかん》など持病はありますか」と問われた。

「いや…」それより、落ちた時の衝撃で、自分が軸足にしていた右足が複雑骨折を起こしてしまっていた。右足は、哀れにもギプスと包帯ぐるぐる巻き。

癲癇を起こしたのはこの時が生まれて初めてだったが、発作はこれで終わらず、その後、同様の症状で何度か救急車送りを繰り返すことになった。

最初に癲癇を起こした日には、少し酒が入っていた。上京したばかりで、緊張とストレスから、眠れない日が続いていたこともある。

ただ、当時は、なぜ、癲癇が起きたのか、まったく理由がつかめなかった。

(これまで、癲癇なんか起こしたことないのに、なぜ?)

病院で脳波検査を受けたところ、脳梗塞に起因する後天性の癲癇の気があると診断された。

ショックだった。いつ、どんな時に発作が襲ってくるか予想もつかない。これが駅のホームだったら…、横断歩道の真ん中だったら…。せっかく、両親を説得して東京までやってきたのに、この先、自分はやっていけるのだろうか…。

それから、親知らずを抜こうと歯医者を訪れたとき、僕がワーファリンを飲んでいることを告げたところ、即座に治療を断られたこともある。

「うちは町医者で、あなたのような患者を治療してかえって迷惑をかけてはいけないので…」

慣れない土地にきて新しい病院を探すのには本当に苦労した。規模の大小を問わず、「癲癇の専門医がいない」「リスクの高い患者に責任が持てない」などの理由で、ほかを当たってほしいと多くの病院をたらいまわしにされた。

こちらは手持ちのカネなんてほとんどないのに、初診料はしっかりと徴収しておきながら、口々に理由をつけて治療を敬遠する医者たちを恨《うら》めしく思った。

新天地を求めてやって来た東京に裏切られたような気分になり、安定した生活の基盤となるインフラが整わないことに、ため息が出た。

そんななか、役所や福祉事務所での障害者としての手続きも初めてのことばかりで、一人では大変だった。DO－ITの他の仲間が受けているらしい福祉サービスも、当時、精神疾患という扱いだった脳機能の障害者は受けることができなかった。しつこい僕も、「決まりですから」「制度として認められていないので」と面と向かって言われては、口を閉ざした。

幼い頃は、完璧で万人に公平にできているかに見えた社会システム。医学や法律。病院に役所。だけど、現実社会の不公平や矛盾の谷にはまって、僕はグレー扱い。

（…負けへんで）

## 社会の矛盾が許せなかった
## 大学入試制度に挑戦する

何度か救急車で運ばれているうちに、自己分析をするようになった。すると、寝不足や疲労が重なったり、飲酒の量が多くなると、それが癲癇の引き金になる。といったパターンがわかってきた。そこで、自分は10代の頃のようにあまり無理のきく人間ではないと自戒《じかい》して、睡眠時間を確保する、疲れたら無理をしない、酒もなるべく飲まない、というように自己管理を意識するようにした。幸いなことに、それ以来、発作は起きていない。

ある程度落ち着いてきた頃から、僕は、3度目の大学受験の準備に取り掛かった。

僕は、DO－ITへの参加を通じ、センター試験では障害者が特別措置を受けられることを初めて知った。

(そんな制度があるなら、ぜひ使いたい！)

早速、受験要項を取り寄せ、確認した。

ところが、受験要項を確認すると、制度を利用できるのは視覚・聴覚障害や肢体に不自由を抱える学生のみとなっている。

受験要項の文章を一つひとつ丁寧に見ながら、僕の障害と照らし合わせてみたが、当てはまる項目は一つもない。かろうじて、視覚障害という枠の中で僕の視野狭窄《きょうさく》で該当しそうな項目があったが、「視能率90パーセント欠損」という基準にはあと少し満たなかった。

(国や試験を実施する権威が決めたことで、当てはまる項目について明記がないのだから、申請は無理か…)

本当は、時間延長だけでも希望したかったが、仕方なく視覚障害に関連する項目で、「その他」として申請することにした。

しかし結果は、文字記入による解答と別室での受験が認められただけだった。

文字記入による解答とは、センター試験は、普通、マークシートの数字を塗りつぶして解答していくが、手書きで文字を書いて解答できるというものだ。注意を向けた左側を見落としてしまう僕にとって、短時間で正しい数字を探して塗りつぶすのは、かなり難しい。その意味で、この措置は多少の軽減になると思ったが、期待を裏切るものだった。配布された解答用紙では僕の苦手な左側に問題番号、右側に対応する解答を記入するというものだったのだから。

試験日当日、対応策を講じたものの、視野狭窄と半側空間無視のために、問題文を読む時間も解答を記述する時間もまったく足りなかった。

しかも、長時間の試験では左半身がだるくなり、体力や集中力も続かない。結局、受験は大惨敗に終わってしまった。

(やっぱり、こんな障害を認めてもらうなんて、無理だったんだ…)

僕は、意気消沈《いきしょうちん》しながらも、中邑先生に、申請から特別措置、受験状況、そして受験結果に至る経緯をつぶさに報告した。

(先生も、現状では仕方ないじゃん、って思うだろうな)

ところが、中邑先生の意見は、僕の想像とは違っていた。

「要項なんか画一的に決められた一方的なルールだよ。そこに一体、どれだけの合理性があるだろう。どうして小林みたいな白黒のつかないグレーゾーンのやつがいることに社会は気付かないんだと思う？　DO－ITは君を応援するよ」

そうなんだ。紙（要項）に書いてないからって、諦《あきら》める必要はないんだ。

僕は、気を取り直して、次年度の申請が近づく頃、4度目の受験に向けて準備を始めた。

まず、僕の抱えた障害と困難を近藤先生たちが幾つもテストし大論文にまとめ、具体的かつ客観的に説明してくださった。そのうえで、僕も希望の配慮を大学入試センターと何度も連絡し、前年の措置が認められなかった理由については、内容証明まで発行した。中邑先生も政治家に陳情をしてくださったり、大きく話は膨らんでいった。

その結果、文字が拡大された問題用紙、マークシートではなく文字での筆記回答、別室受験、独自のアイディアとして希望した問題番号の識別のための色ペンの使用、そして左耳聴覚過敏を考慮してノイズキャンセリング・ヘッドフォンの使用などが認められた。

ただ、それらは「身体機能の障害」を根拠としての許可だった。本当に僕にとって必要な「試験時間の延長」と「読み支援」は、認めてもらえなかった。

それでも、まったくの門前払いにはならず、一定の「成果」を勝ち取れたことは、僕にとっては大きな収穫と言うべきだろう。

最初は、障害者が特別措置を受けられることすら知らなかったのだ。それが要項以外のことでも説明と申請のチャンスが与えられて、チャレンジしたところ、希望どおりではなかったにせよ、前回よりも多くの特別措置が認められたのだ。

その後も諦めず、僕は、教育学会や福祉カンファレンスなど、機会があるごとに自分の障害や困難、そして実施側に期待する配慮を双方の事情を踏まえながら説明していった。

外見から分かりにくい障害のある人は、分かりやすい障害のある人より、配慮を得るために、いろんな場面で、当事者に説明責任が求められてしまう。

そして、公平性が求められる場所ほど、やりとりは慎重だ。やっぱり「カタいこと言うな」や「可哀想だし何でもオッケー」ではすまない。そこで求められる能力の本質と障害のために生じる困難を整理し、配慮を受ける側と提供する側の双方が、しっかり議論する必要がある。

視力検査で視力があっても文字に限って読めない人がいる。握力があってペンを握る筆圧があっても文字の書けない人がいる。いわゆる、読み書き障害（ディスレクシア）。医学的な言葉では読字障害や書字障害などと言う。けれど、僕を含めた彼らには物事を理解する力や思考力、何か判断を下す力がないというわけではない。

近年になって、ようやく認知されだした学習障害（ＬＤ）にしてもそうだ。学習するための能力が弱いが、必ずしも知能が低いというわけではない。

試験問題を（眼で）読んで（手で）書いて解答として提出するということを前提としたものに限ると、「理解し思考して判断する」という最も人間的で、大学で学ぶのに必要とする基本的な学力を調べるという試験の本質を図れない人がいるのだ。

「いかに早く・いかにたくさんの情報を・いかに正確に・どれだけ効率よく処理できるか」それればかりが学力の価値基準とされることに僕は抵抗を示していた。少なくとも、時間さえあって読み書きに不自由がなければ、僕は大学で学ぶ自分の基礎学力には自信をもっている。だから、僕は大学入試に情報のインプットとアウトプットの手段によらない評価方法を訴えていた。全盲ならば点字の利用が認められたり、腕の不自由な人には代筆が許される。文字が読めない、書けない。結果としての困難は同じなのに、原因としての医学的な診断が脳機能によるものか身体機能によるものかによって、社会のあらゆる場面で配慮に違いが出る。

従来のお役所的で画一的な基準で対応すると、グレーゾーンにいる人にまで目が届かない。もちろん、限りある資源の中で効率化や合理化は必要だとも思う。

文字が書けなければ代筆者をつけたりワープロを使えばいい。文字が読めなければ代読者をつけたりPCの音声読み上げソフトを使えばいい。これだけ社会的なインフラが整っていて、記憶のできない障害者がグーグル検索機能を用いて全てのデータベースにアクセスできる状態で受験することに、本人の知性を評価するという点で本質的な問題があるのだろうか。四則計算のできない障害者が、ぼう大な計算量の理系科目に電卓をたたいて臨むことは、おかしなことだろうか。

僕はこうした先端技術の利用を前提とした能力評価の時代が必ずくる、と思っている。

5年越しの制度改革

## 「君は日本の教育制度にメスを入れたんだ」

やがて、そうした訴えが、一つ実を結ぶ日が来た。

僕にとって5度目の受験となる2010年のセンター試験では、なんと、ついに「脳機能の障害を根拠とした」時間延長が認められたのだ！

脳機能に障害のある学生で試験措置が認められたのは、日本で僕が初めてだった。希望した配慮すべてが通ったわけではなかったけれど、昔に比べれば考えられないことだった。DO-ITとしても、大いなる快挙と言ってよい。

代読や代筆というような、間にテクノロジーや人間の介在する環境下での試験は認められず、相変わらず読み書きへの困難はあったから実力発揮には至らなかった。けれども、僕の大学への進学という拘《こだわ》りは薄れていた。もう、十分だった。

こうして、僕の受験生活は、5年で幕を閉じることになった。いつもひと山越えればまた次の山。そして、次々と果敢にチャレンジと失敗を繰り返した。結局、理想には到達できなかったが、行動を起こした分は社会にインパクトを与えた。翌年、DO-IT Japanの活動は、文部科学大臣奨励賞と博報財団主催の博報賞を同時に受賞した。

時間延長が認められた2010年の8月、僕は東大でのシンポジウムに登壇し、日本LD学会の理事長で大学入試センターの教授でもあった上野一彦先生とお会いする機会があった。先生は発達障害の専門で、発達障害の高等教育の扉を開きたいと考えておられる。

シンポジウムの席で、先生はこんなコメントをくださった。

「小林くん、私がセンター試験に関わるようになって、初めて見たのが、あなたのデータでした。そして初めて今日実際にお会いしました。

あなたは、苦労したのに報われなくて、ここまで来た。でも、あなたや中邑先生がこれまで一生懸命やってきたことは、あなたにとって、というよりも、これから脳機能障害を抱え受験する大勢の人たちを前進させることになる、ということを言いたいです。

特例措置については、十分とは思っていません。前例のないことで、センターでも賛否両論でした。でも、あなたが積み上げてきたことを理解して、『(措置をおこなうのは)面倒だから後回しにする、ということは絶対やめよう。できることからやろう』と話し合いました。

そして一歩でも半歩でも前進していこうと、やりとりをして上手に突き抜けていきました。

だから、あなたの努力は決して無駄ではありません」

上野先生の尽力あって、大学入試センター試験では2011年から特別措置を申請できる障害種別に発達障害が新たに加わった。2011年は95人、2012年は135人の発達障害者が特別措置によって受験した。今では、発達障害でワープロを用いて国立大に合格した高校生や代読者をつけた入学試験を認めてもらえたという報告も出てきている。

「特別措置は大学入試センターの措置に準ずる」としていた私大もそれに習い、「大学の入試で認可されていないことは、子供たちの将来を見据えると中学や高校でも認められない」と言っていた初等・中等教育の現場でも、テクノロジーの利用を検討し始めた。

後に個人的に上野先生と会ったとき、

「君は、日本の教育制度にメスを入れたんだ。誇りに思いなさい」

そう言って励まし、握手をしてくれた。先生の手は温かかった。

## 障害は個性だなんて、口が裂けても言えない
# 「思う存分、好きなようにぶちまけてみろ!」

病気で倒れて以来、人との付き合いを避けてきた僕だが、DO－ITではリーダーを務めるようになったり、健常者、障害者を問わず一気に付き合いが増えていった。

浪人中も、学力を維持しながら機会あるごとに、僕の障害や社会に対して意見を発表する場を獲得していった。日本全国から講演や講義、トークイベントの依頼が舞い込むようになった。

障害でなくても、社会的な弱者とされるスティグマのついた人たちと議論を続けたりもした。本来なら、弱者にとって味方になるはずの人を、敵に回したこともあった。

例えば、ある夏のDO－ITでのこと。僕は、クロージングセレモニーに向けた公開シンポジウムで、自分の大学受験の体験と社会への疑問を発表するという役を仰《おお》せつかった。シンポジウムの来賓《らいひん》や参加者は、東大総長をはじめ、日本マイクロソフト社の最高技術責任者、富士通の副社長、文部科学省高等教育局長、厚生省、全国障害学生支援センター代表など、錚々《そうそう》たる顔ぶれだった。福祉や医療、教育に関心のある関係者、当事者その周辺も大勢だ。

シンポジウム前夜、DO－ITの仲間たちは、中邑先生と新宿の京王プラザホテル44階のレストランでフレンチディナーを共にした。

豪華なしつらえの部屋には、白いテーブルクロスがかかった長方形のテーブルが置かれ、椅子の座り心地も抜群。窓の外には、息を飲むほどにきらびやかな都会の夜景が広がっていた。料理も豪華なものばかりだ。みんな「おいし！　うま～！」などと口々に言いながら、食事を堪能《たんのう》していた。

ただし、僕だけはそれほどテンションが上がらなかった。次の日の発表のことが気になって仕方がなく、とても料理をゆっくり味わうほどの余裕がなかったからだ。

そんな様子を見かねた中邑先生が、僕に水を向けた。

「小林、明日だけど、楽しみにしているからな」

「あ、はい…。でも、大学受験の不満やらをいろいろ言うことになるから、来賓の方に失礼になるかもしれません」

前に書いたように、僕は試験で希望の配慮をなかなか受けられなかった。当時、肌感覚としても、脳機能障害が世間的に浸透《しんとう》している様子はなかった。

それを巡る問題に、当事者である僕は不満があった。だから、発表では、どうしてもその内容に触れたい。その不満を口にすることで、気に障《さわ》る人がいるかもしれないと懸念したのだ。

すると、中邑先生はおもむろに食事の手を止め、僕を見つめてこう言った。

「君の前には『いなかったことにされてきた』人が大勢いるんだよ。そして、君の背中にも、そんな人たちが大勢並んでいるんだ。そういう人たちのことを考えてみなさい。失礼かどうかなんて気にしなくていいさ。だから、思い切って君の言いたいことをぶちまけてみろ。責任は全部、私がとる。大学は保守的になってはいけない。若者の集まる大学こそ生々しい議論があって、先導的に何か世の中を切り開いていくような場所でなくちゃ」

穏やかで低い口調だった。でも、その言葉には強い信念がこもっていた。

そして、僕は目からうろこが落ちる気持ちになっていた。

それまで、僕は心のどこかで、センター試験の特別措置の一例をとっても、自分の甘えやわがままだと思っていた。でも、中邑先生は、僕と同じような悩みを持つ大勢の人たちのことを考えなさい、と言っている。

当時、発達障害、高次脳機能障害など外見からは困難を抱えているとわからない障害を抱える人たちは、周囲からも理解が得られず、「いなかったこと」にされてきた。そして、そういう人ほど自分の困難を公で主張することにためらいがあったはずだ。そのために、過酷な生き方を余儀なくされてきた。何を隠そう、僕にしたって、その一人だ。

(そうか。これは、僕のためだけではない。みんなのためでもあるんだ。明日は、遠慮せず、思っていることを全力でぶつけてみよう! 批判は発信者の宿命だ)

中邑先生の信念のこもった力強い言葉に、僕は大いなる勇気をもらった気がした。

日本では、身体や肉体の機能的な障害を「個性」として受け止める啓発は、ビジネスとなってしまうほど上手に広まった。だけど、脳の器質性のもの、知性や精神への障害に対して、同じことを言えるのだろうか。

ケンカをするつもりは全くない。だけど、シンポジウムでは、「福祉という限られたパイを身体障害者と高齢者が独占している」「医師の診断によって役所も画一的なサービスを提供しているのなら、僕のように社会へ適応するための努力を強いられた人は、死ぬまでリハビリが終わらない。そんな社会は医学の奴隷だ」などと若さに任せ強気で話した。すると、ある身体障害者の親御さんや医療関係者に「おい、ちょっと」と睨《にら》まれたのだ。

それでも中邑先生は、

「彼のように思慮深くてシャープな意見の言える子が、大学に進学できないという現状があるわけです」

とマイクを握り、しっかりと会場でもフォローしてくださった。

## 障害者でも健常者でもない何者かを目指して
# 毎日が体当たりと試行錯誤の連続だった

DO－ITでの発表をきっかけにし、大学や病院、企業、カンファレンスなどで僕への依頼が舞い込むようになった。東京大学の安田講堂、京都議定書で有名な国立京都国際会館。僕は、「見えない障害」について知ってもらいたいとの思いが強く、どこへでも足を運んだ。

それまで、僕は、自分を障害者と認めることに、強い抵抗感があった。だけど、身体機能と脳機能にある重複の障害に加え、東京に来てからは癲癇の発作を起こすうちに、もはや健常者ではないことを嫌というほど思い知らされた。一方で、僕よりもっと重度と世間では認知される障害者がたくさんいることも事実だ。

健常者ではないが、重い障害者とまで認められない。なまじ外見が健康なだけ、面倒くさい。

僕は、心の中でそんな葛藤を繰り返していた。障害者であることを相手に悟られないように振舞う、そんなこともやってみた。しかし、健常者でない僕が健常者を演じるのは、心身にも相当な負担を強いられる。こんな状態がいつまでも続くわけはない──。

健常者でも、障害者でもない僕…。どちらにもカテゴライズできない自分が、どこか半端で社会的なアイデンティティのない存在のように思えていた。

（いったい、自分は何者なんだろう？）

そんな疑問が、いつも胸中では渦巻いていた。

そして、なんとか自身の落としどころを見出そうと自分なりの模索を続けていた。その一つが、「見た目」をコーディネートするという試みだった。

僕には視野の狭さや左半身の異常が未だ四六時中付きまとう。しかしそれは「痛み」も含めて見て取れるものではない。街でドンと人とぶつかれば怒鳴られるし、都内の電車やバスでは誰も優先座席を譲ってくれない。

僕はあるとき、諦めにも似た想いで白杖を購入し、左手にだけ白い手袋をはめて都内を歩いてみることにした。つまり、見えないものを可視化して、障害者をやってみようというものだ。

最初はそれが、うまくいったような手ごたえを感じた。

街でぶつかる人は「すみません」と僕に告げ、優先座席も「こちら、どうぞ」と親切に譲ってくれる。人は見た目が9割とは、よく言ったものだ。
だけどその一方で、あまり柔軟ではない社会からの眼差《まなざ》しも感じた。
「白杖を持っているのに、どうしてスマホをいじってるの？」
「あれ、小林さん、今日は白杖を持たれていないんですか？」

そもそも、白杖は、全盲の人だけが持つのではない。強度な弱視で、メガネだけでは矯正が難しいほどに視力が弱い人や、僕のような視野が狭い人も白杖を持っている。こういう人たちは、程度の差はあるけれど、一応、ものが見えているから、状況に応じて白杖を置いて出たり、携帯を触っていても何ら不思議はない。

左手に付けた手袋にしたって、僕が左に抱えた障害の存在をカムアウトした人に忘れないでいて欲しかったからなので、別に左手に隠したい何かがあるというわけじゃない。

実は、こういう例は、枚挙に暇《いとま》がない。

例えば、自閉症児は、病名の印象も手伝って、他人と接触するのが苦手、というイメージが広く定着している。もちろんそういう子どもも少なからずいるが、一方で自分から積極的に他人と接触したがる子どももいる。

このように、視覚障害と言えば全盲、でなければ晴眼など、マイノリティに対して固定したイメージが付きまとうことが、時にマイノリティにいる人間を苦しめることになるのだ。

あるとき、僕が講演会で自分の障害やそれにかかわる実体験について話した後、「やらかした」と罪悪感を抱いたことがある。

僕の講演を聴いた人たちは、たいてい「障害を乗り越えて頑張っている小林」という感想を持つことが多い。そのときも、アスペルガーやADHDの子どもの親御さんが、僕に対してそういうイメージを持ってしまったらしい。そのため、親御さんが「小林さんができるんだから、お前も頑張れば、できるはず！」と、子どもに厳しい訓練を強要したという話を聞いたのだ。

確かに、僕は、見えない障害を抱えている。でも、みんなが僕と同じわけではない。様々な背景があるなか、本人の実情を知らぬまま他人と比べられることほど辛く悲しいものはない。

そのステレオタイプな障害者像への抵抗感は、僕自身が身に沁みてわかる。

だから、僕は講演などで、なるべく「脳機能に障害がある人でも、実はこういう人もいるんです」「別の人は、こんな感じなんです」との多くの実例を挙げて、ひと口に障害者といっても、その内実は多様で、ケースバイケースであること、自分など氷山の一角でしかないことを丁寧に伝えるよう心がけている。

とは言え、人は明確で簡単な理解をしたがる。様々な色があるのに「白か黒か」、様々な答えがあるのに「イエスかノーか」、人を定義できないのに「0か1か」、といったふうに。

しかし、全く同じ人間が、二人以上存在することはない。例え遺伝的に同じの双子ですら、癖や好みがすべて一緒ということはない。

少数派だからと短絡的に切り捨てることは、もちろんあってはならない。だけどそれと同時に、マイノリティの中にも多様性があることを忘れてはいないか。少なくとも僕自身が当事者として、マイノリティの中にいるマイノリティにまで気を配る視点をなくしたくなかった。

話が随分と逸《そ》れた。

「自分が何者かを定めたい」という想いで、苦し紛《まぎ》れに試みたこと。「見た目」とは別にとったアプローチの一つが、メディアで自分を発信するということだった。

自分をさらけ出せば、世間は、僕に障害者というレッテルをつけるかもしれない。そうなれば、「自分は何者か」という疑問は解消し、今のこの重苦しい気分から解放されるのではないか。僕は、自分のなかでそんなロジックを組み立てていった。

でも、そんな思いとは裏腹に、メディアに登場する僕は、等身大の僕とはかなりかけ離れていたような気がする。

例えば、あるドキュメンタリー番組に出演したときは、「姉貴と妹の区別がつかなくなった」ことだけに焦点が当てられていた。またある新聞に僕に関する記事が出たときは、なぜか僕がある種の認知症であるというような内容になっていた。

確かに僕の脳には障害があり、外界を認識することに困難がある。しかし、知恵遅れでもなければ、痴呆老人のようなイメージの認知症でもない。僕の病気に対する演出自体が、難しいのは分かる。でもそこに、視聴者はどれだけリアリティを汲み取ってくれただろう。

(記者に、あんなに何時間も説明したじゃん。本当のおれが、誤解される…)

テレビやラジオには時間の制限が、雑誌などの紙面媒体には字数の制限がある。そのなかで視聴者や読者に訴えかけるには、どこか分かりやすい部分を切り取って誇張するのはやむを得ないことなのかもしれない。

しかし、メディアに取り上げられる度に、それもまた僕自身が描くアイデンティティとメディアを通じて発信されるアイデンティティの間に、大きなかい離を感じるようになった。

講演や生のトークイベントでは僕自身が直接、話をするので、こういったことは起きないと踏んでいた。しかし僕の説明が未熟だったころ、実際はそうでもなかった。

講演会で僕がどんな話をしたにしても、何か感想は示し合わせたかのように同じだった。

「障害があるのに、それを乗り越えて頑張っている姿に感動しました」

「小林さんは、自分の障害を受け入れていて、すごいです」

言葉こそ違うが、どのアンケート用紙を見ても、僕を「美談のヒーロー」「障害を克服した人」と捉える表現が並んでいる。

（おれは、それができないから、苦しんでいるんだけどな…）

その原因はどこにあるのか…。外部にだけ責任を押し付けるわけにはいかないだろう。講演会やメディアに出るときには、僕は一般の健常者と同様に、どこか良い人物を演じようとしていたのかもしれない。それに相手の期待に応えたいとのサービス精神が強かったような気がする。つまり、いずれにしても「ありのまま」の自分ではなかったのだ。

そんなこと頭では理解していたが、自分の障害を発信すればするほど、自分の「実像」とはおよそかけ離れている「虚像」が独り歩きしてしまうことについては、やはり戸惑いを覚えた。自業自得な面もあっただろうけれど…。

そして、こうした「虚像」と「実像」のかい離が、僕のプライベートに影響を及ぼす出来事があった。

## 「あなたは人の心の痛みが分からない人」

# 恋とも言えない恋の哀しい結末

東京に出て、自分を見失いそうになっていた僕は、精神的にかなり病んでいた。

そもそも障害の有無に疑問そうだった母。理屈攻めで僕を整然と理解しようとする父。僕に不思議そうな顔を向けて黙った妹。いつも厳しい態度を僕にとった姉。健常時代に身に着けた「質実剛健・信愛包容」を過剰に意識した僕自身。

僕の中には、常に家族5人の「不穏《ふおん》な眼」が宿っていて、本当に苦しい時期だった。今思い返しても、僕がダメになる時期があったとしたら、この頃だったと思う。

先端研には心理学を専門としている先生が多く、相談にものってもらった。カウンセリング、心理テスト、認知行動療法、森田療法。ACA（アダルト・チルドレン・アノニマス）という自助会に匿名で通ったりもした。宗教書やスピリチュアル系のよく分からない本に手を出してみたりもした。

そんなある日、渋谷であった自己啓発系のセミナーに参加したときのことだ。

そこで一人の女の子が、僕に話しかけてきた。

「こんにちは」

初対面のはずなのに、結構、親しげに話しかけてくれた。上京してから対人関係には身構えてしまって奥手だった僕は、少し戸惑ったけれど、明るくて話しやすい感じの子だったので、そのまま話につきあった。

彼女は大学生だった。若い女の子にありがちな「危なっかしさ」も感じたが、向上心が強く、女の子らしい可愛さや無邪気さがあった。元気があって話も合ったから、連絡先を交換し、その後、時々会うようになった。

別に障害のことは、自分からはあえて言うまい、と思っていた。当時、僕はメディアや学祭などによく出ていたから、彼女も僕のことをネットで見たりしていたようだ。

だから、僕に多少なりとも障害があることは知っていたはずだ。だけど、僕自身、彼女の前では、健常者っぽく振舞っていたので、それほど気にならなかったのかもしれない。

両親や中澤にもよく言われたが、僕と一緒にいると障害をあまりに感じさせず、障害があることそのものを忘れてしまうらしい。僕の頭の中はいつも、障害からの苦しいことでいっぱいなのに、彼女と僕の会話のなかで障害が話題になることは、ほとんどなかった。

むしろ、彼女は、理由は何にせよ、僕がたまにメディアなどで取り上げられていることがうれしかったようだ。付き合い始めてしばらくした頃、僕はマイクロソフトのCMに出演したことがあった。山手線をはじめ都内の動画広告を占領したときにも、無邪気に「すごい！」と喜んでいた。銀座や六本木といった都心部には、ポスターも大きく貼られ、「あそこにもいる。ほら、ここにも」と指を差してまわった。

3つ年下の彼女の発言や行動は僕にはいつもイレギュラー。でも、そこがとても新鮮だった。

「ねえ、動物占い何だった？」「池袋に、オシャレな店があるの。連れてってよ」

都会の片隅、いつも携帯を開けてはクスクス笑っていた。彼女の声が、僕を標準語に染めていく。

だけど、僕の孤独を埋めてくれる楽しい時間も、それほど長くは続かなかった。

最初の頃は、会う時間もそれほど長くはなかったから、少しいい恰好で健常者らしく振舞うことができた。だから、たぶん…、彼女は僕を障害者として意識したことはほとんどなかったのだと思う。だけど、それも限界に近づいていた。僕は、彼女にきちんと話すことを決心した。

「あのね。おれ、実は、両目の視野が狭くて、それに左半分が認識できない障害があるんだ。身体には麻痺もあって…」

「え？　何、どういうこと？」

彼女は、すぐに理解できなかったようだ。僕は、自分の障害を説明することに自信があったから、いろいろな言葉を使って、詳しく説明した。でも、彼女の理解を超えていたようだ。

あるとき、ちょっとしたことで言い合いになったことがあった。

僕が左半側空間無視の障害を持っていることは、何度も書いているが、これは、視覚や聴覚に限らない。ボールペンを左手に突き刺したりしたように、左側に物が当たっても気づかないことはしょっちゅうだった。

せっかく彼女と歩いているのだから、気配も感じていたいし、話しかけてきたら、反応もしてあげたい。だから、僕は、できれば彼女には左側ではなく右側を歩いてほしいと思っていた。

地元のだだっ広い田舎道とは違って、都会の街には、「動きのある側」と「動きのない側」とがある。僕の五感による認識に困難があるのは左側。上京してからの僕は、なるべく街を歩くときは左側を詰めて歩くことを心掛けた。こうすれば壁のある左側にかける意識の負担は減るし、動きのある右側、すれ違う人ごみや動きのある右側にだけ注意を向けていればいい。

よく親切心で「左側が見えていないのだから」と左側に立って案内してくれようとする人がいるが、左に人がいる分、会話が弾むと右側への注意を欠いてしまう。

そこで、僕は、自分の障害について説明をした後、「だから左側でなく、右側を歩いてくれると嬉しいんだけど…」と彼女に頼んだ。

自分としては、理由も丁寧に説明したのだから、彼女は右側に移動してくれると思った。

ところが、僕の力説に対して、彼女はこう言い放った。

「え？　でも、女の子って、ふつう、左側を歩くって決まっているんじゃないの？」

そして、僕に向かって、恋愛ソングで有名な歌手の曲名と歌詞を矢継ぎ早にあげ、「そういう人の歌は、女子が左にいることを想定しているのよ」と語り始めた。

僕は、思いがけない彼女の反応に戸惑ってしまった。

(中澤なら、「あ、せやったな」って、すぐに右に来てくれるのに…)

実は以前、中澤とは同じような会話をしたことがあった。中澤にはそれほど長い説明はせず、

「おれ、ちょっと左弱いねん」と言っただけだったが、「ああ、春彦はそうやったな」と二つ返事で移動してくれたのだ。

ちょっとした言い合いだったが、女性慣れしていない僕は、彼女とはどう接していいか、考え込んでしまった。何も言わなければ、当然、僕の状態を理解するのは難しい。かといって、説明し過ぎると、困ったような表情を浮かべる。

彼女は、あれこれと細かく説明する僕のことを小難《こむずか》しい人、と思っていたのかもしれない。たぶん、彼女としては、大した障害もないのに、どうしてそんなにいちいち説明するわけ？と思ったのだろう。

「右側を歩いてほしい」とお願いしたときも、なぜ僕がそんなことを頼んでくるのか、あまりピンと来ていなかったようだ。もちろん、彼女は僕に意地悪をしたかったわけではないはずだ。

「あなた、パッチリとした綺麗な眼をしているのにね…」

残念そうに、彼女が呟《つぶや》く。

そんなことが続いているうちに、僕は切なさと気疲れが募《つの》り始めた。

僕としては、これだけ言葉を尽くしてイチから丁寧に説明をしているのだから、そろそろ分かってほしい、と思うようになった。

それに彼女は彼女で、女の子として、月に一度のイライラがくる様子だったが、

「言わなくても察してよ！」

と僕にきつく言い放った。同じ人間だけど同じ人間じゃないから冷静に話し合う。分かりやすいことと分かりにくいことがあるから、「察して」ではなくて言葉にする。僕は見た目で困難が分からない障害者になってから、言わなくても分かってもらうというところに甘えるのではなく、配慮を得るために、誤解されないために、多くの葛藤の中で、感性よりも言葉で生きるという基本姿勢を必死に身に着けてきたのだ。

そのうち、彼女と付き合うことにも疲れていった。

僕が辛そうにしていると、彼女は一緒にいて世話を焼いてくれようとするのだが、情けない自分もあまり見せたくなかった。だから、届いたメールに返事をしないことも増えた。

そのころの僕は、落ち込んだときには、一人、自分の失敗ばかり思い返しては、自責するのが習慣になっていた。何をしに東京に来たんだろう。

(あんまり、おれのところに入ってこないでくれよ)

そんな思いが、僕のなかで膨らんでいった。

こうして二人の間に「すきま風」が吹きはじめたある晩、突然、彼女からの着信があった。

「あなたは、たぶん、人の心の痛みがわからない人だと思う。もう会うこともないいんじゃないかな。今まで、ありがとう。さよなら」

僕は、ひどく傷ついた。だが、心のどこかで安堵《あんど》もしていた。

（おれのことをわかってほしい、と言っても、女の子にはきついかな…）

彼女はまだ大学生。お互い年齢がもっと上なら、3つくらいの年の差はそれほど気にならないのかもしれない。でも、当時の僕にはまったく余裕がなく、彼女に話を合わせるのも結構大変だった。それは彼女も同じだっただろう。


彼女が、好きになってくれていたのは、「健常者のような小林春彦」という「虚像」だった。けれども「実像」の僕は、そんなにカッコよくない。障害者であることを受容できていないし、些細なことで、すぐ悩んだり落ち込んだりする。疲れて誰とも話したくないときには、ひとり浴びるように不味《まず》い酒を飲んで、ひっくり返っていたいときだってあった。

僕は、彼女に「虚像」の僕を見せ続けることに疲れてしまっていたのだ。別れの電話に感じたある種の安堵も、そこから来ていた。


結局、失恋に終わった。

僕は、少し腐って、彼女と別れたことをすぐに中澤に話した。

すると中澤は、慰めにコンビニまでエロ本を買いに行ったり、ネット上で拾った可愛い女の子の写真を見せてくれたり、バカバカしい話をしながら僕の気持ちを癒《いや》してくれた。

「もう一度、音の世界に戻りたい」

## 音楽の専門学校に通い始める

上京して生活も落ち着いてきた頃、失音楽の症状はリハビリ時代よりは和《やわ》らいでいたものの、健常時代に戻っていたわけではなかった。

当時、僕は4度目の大学受験に失敗して、5度目の受験で東大の先生方と制度改革に向けた取り組みをしていた。とはいえ、僕の希望どおりの特別措置が受けられる保証はない。

音楽に関しても、どの楽団にもなじめずに、転々としていた僕は、焦りを覚えていた。

（このままじゃ、ずっと音楽ができないかもしれない…）

そんな不安に駆り立てられ、僕は5度目の受験を終えて、大学進学という選択はやめて音楽の専門学校に通うことを決めた。その学校には、アメリカのボストンにあるバークリー音楽大学を卒業した先生がいた。バークリー音大は、ポピュラー音楽の名門として知られている。

その先生の授業を受けて、音楽理論をきちんと学んでいけば、どこかで「失音楽」脱却の糸口が見つかるかもしれない――。

専門学校には、音楽理論のほかにも、ピアノ、コーラスなど、多方面から音楽が学べるようなカリキュラムがあった。僕は、なかでも、特に数学に似た面白さから音楽理論の勉強に没頭することで、現状打破の道を探っていた。すっかりはまって、本場の理論を直《じか》に学びたいという思いにかられて、わざわざアメリカのバークリー音大から全編英語で書かれた教科書『Harmony』を取り寄せて訳したほどだ。

音楽は絶対に手放したくない。自分の感性の部分に自信を失いかけた僕は、アカデミックに音楽を学んで、必ず「失音楽」脱却のきっかけをつかむぞ、という一念で突っ走っていた。

入学後、人付き合いにも疲れていた僕は、軽そうな学生と積極的に交流しようとは思っていなかったが、一人だけ、気の合う仲間ができた。

Beth Wong。僕はベスと呼んでいる。シンガポールからの留学生で、作曲の勉強をしていた。彼女は、シンガポーリアンらしく穏やかで友好的。歳も僕と一つ違い。母国では数学を学んでいたことや、医療系の仕事を経て日本に出てきたこともあって、かなり優秀な成績で奨学金を手にしていた。多国籍の混じった留学生の中でも、リーダー的存在。日本語も上手で行動力があった。不器用で女心も分からないダメな僕は、女性ということで警戒した。だけど、ベスはサバサバした性格で、ともに音楽を学ぶ、真面目な学友という感覚で付き合えた。

ある日、学校で、コンペを開催するという話が広がった。何でもオーディションに通れば、インディーズデビューし、自分の音楽を iTunes Store から販売できるらしい。これは著作権を教えていたレーベル会社A-Stringの社長、安保亮さんが企画したものだった。

「おれが作詞するからさ、ベスが曲を作るということで、応募してみないか？」

ベスと、短い2年の学生生活の思い出作りにと、話がまとまり、さっそく、二人で応募曲の制作に取り掛かった。コンセプトを決めた後、ベスが曲を作って、僕がそれにポップな歌詞をはめていく。

当時、横浜線の沿線に住んでいた僕たちは、学内外でも、いろんな話をした。お互いジャズが好きで、一緒にみなとみらいの赤レンガへとコンサートに出かけたりもした。

「はるひこくんのいた神戸は、横浜と似てるね。港町、中華街、夜景…」

「でも神戸には、六甲山という大きな山があるんだよ」

「あははは～、コッチにも、高尾山あるよ…」

高尾山は東京だろ。

結局、素人なりに、2人で半年ほどかけて仕上げた2曲をコンペに持ち込んだ。すると僕たちの曲は、見事、オーディションで選抜されて、iTunes Storeからの配信が決まった。

「やったな！」

配信が決まった僕たちは、手あたり次第、知人に声をかけまくった。僕たち二人は、他の専門学生より歳上ではあったけれど、多方面の人脈では負けなかった。そのおかげか、同時に発表したアーティスト作品の中、二人の曲のダウンロード数はダントツ。契約書どおり、初めての印税も入ってきた。

この曲は僕がボーカルを務めた。いつのまにか、僕の失音楽もなりをひそめていたようだ。これをきっかけに、認定音楽療法士の支援を受け、都内でコンサートへも出演できるようになっていった。

## DO－IT創始者シェリル博士との出会い
# 日本を飛び出し念願のアメリカへ

2011年2月、僕は、DO－ITの仲間である豊田洋平くんに先端研の近藤先生、巖淵先生と4人、シアトル・タコマ空港に降り立った。DO－ITのリーダー海外研修で本場アメリカのDO－ITを見学に来たのだった。

実は研修に参加できるのは日本全国にいるメンバーの中から、1名のみだった。しかし、論文審査で僕の論文と聴覚障害を抱える早稲田大学の豊田くんの論文が甲乙つけがたいということで2名の渡米となった。有名な大企業から資金援助があると聞いていたから、この厳しい審査に通過したということが、自信にもなった。

翌朝、僕たちはワシントン大学の近郊にあるDO－IT USAの事務局を訪ねた。この時期のシアトルは雪が舞って、霧が立ち込める街の通りは、まさに凍《い》てつくような寒さだった。

到着すると、すぐにシェリル・バーグスターラー博士が、僕たち一行を見るなり満面の笑みを浮かべ、大きく手を振りながら、小走りで近づいてきた。

「グッド・モーニング！　ウェルカム！」

にこやかに握手しながら、出迎えてくれた。

シェリルは、DO－ITの創設者で、ワシントン大学の女性教授でもある。東大の先端研を率いる中邑先生同様、僕にとっては「雲上人《うんじょうびと》」だ。

でも、威張ったところは少しもない。お茶目で、いつもパワフル。少女のようなキャピキャピとした可愛らしささえもっている。僕たちにも、「シェリルって呼んでね！」と言って、元気いっぱい気さくに接してくれた。

実はシェリルと会うのは、これで2回目だ。1回目に会ったのは、中邑先生から受け取った、あの「チラシ」に載っていた講演会のときだ。僕は、遠くの席から話を聴いていただけだったが、アカデミックドレスに金髪姿で、高い声でハキハキと話す様子が印象的だった。

アメリカ研修では、シェリルのその元気で気さくな人柄とともに、障害者教育に対する類《たぐ》い稀《まれ》な情熱に触れることができた。

事務局ではDO−ITのプログラムの内容や考え方などの話を伺った。

当時、DO−IT Japanが4年目を迎えたばかりだったのに対し、DO−IT USAは、1993年創設だったので、すでに20年近くが経過していた。シェリルの説明を聞くほどに、アメリカは障害者サポートが進んでいると実感した。

DO−IT USAは、一つの独立した組織として活動している。だから、DO−ITの活動専用の事務所も構えている。支援企業は50以上を数え、ワシントン州など公的機関からも強力な支援を受けている。

事務局訪問の後、僕たちは、ワシントン大学のDRS（障害学生支援室）を見学した。部屋では、障害を抱えた学生たちが、支援機器を使って、思い思いに学習を進めていた。あたりを見まわすと、拡大鏡、読み上げソフト、点字プリントなど様々な支援機器が備えられていた。

前にも書いたように、例えば、一般的には、視覚障害というと全盲（まったく目が見えない）をイメージしがちだが、実際には、弱視や視野狭窄、文字認識なども視覚に関わる障害だし、その程度や状況ごとで感じる困難も様々だ。障害者は自分の状態に合わせた支援機器を使える。日本では、視覚障害一つをとってもその多様な個々のニーズに応えられるサービスを提供し

横田洋平くん（左）とワシントン大学で

ている大学は、ごく一部。アメリカはADA（障害者差別禁止法）という法的な制約によって障害者支援が発達している国とはいえ、僕の知っている範囲での日本との差は歴然としていた。

シェリルは、こんなことを言っていた。

「障害を持つ学生は、リーダーシップと、自分で自分の人生について決断できる能力を持つべきね。それに、自分の意見や考えを言葉にできることが、進学や就職、そして社会人となった後も武器になるわ。もちろん、ITを活用する力も必要よ」

キャリアと言えば、僕自身、センター試験で苦い経験をしている。その背景には、障害者の多様性が認識されてないことがある。でも、アメリカでは、そんなことはすでに織り込み済みで、むしろ揺れ動く思春期を生きる当事者を後押しするように見え、はるか先を走っている感じだ。

DO-IT USAには、毎年、応募者が殺到するそうだ。選抜制ではなく、全員受けさせてほしいという要望もあるらしい。それに対し、シェリルはこんなことを語った。

「ええ、少しでも多くの学生にこの場を提供したいと思ってるわ。そのためにはもっと規模を大きくする必要があるの。だから、資金獲得が大切になるのよ！」

そんなビジネスライクな話を聞いたとき、お茶目さが先行するシェリルの姿に、産学官を巻き込んで社会を変えていこうとする、ユーモアだって負けない起業家のような中邑先生がダブって見えた。

いずれにしても、初等教育から高等教育、そして就労後までの一貫したアクセシブルな環境を整備するために、タテとヨコを結ぶ、これだけのシステムを作り上げ引っ張っていくのは、大変なことだ。僕は、改めてシェリルの強い意志とフロンティアスピリットに感銘を受けた。

このアメリカ訪問の翌年、シェリルは、DO-IT Japanでの講義のために来日され、3度目の再会を日本で果たすことになる。

「人として、『限りある人生』を『実りある人生』にするために、どう生きるのか──」

生々しい話も多い。しかし、この人間としての本質を念頭に、人の能力的な「限界」と支援による「可能性」をトコトン突き詰めて、シェリルは議論・実践する。

人の「限界」を認め、夢の実現のために他の手段で「可能性」を探ろうと配慮すること。

それも、自分への「厳しさ」で、他人への「優しさ」とは考えられないだろうか—。

僕の背負ってきた精神論と、様々な人が教えてくれた合理論とが、少しずつリンクする。


自分が辛いときに辛いと言える「素直さ」。

人が辛いとき辛いと認められる「優しさ」。


それらこそが、本当の「強さ」なんじゃないだろうか。

## 東日本大震災での出会い
# みちのく希望コンサート

実は、僕とベスのコンビには、後日談《ごじつだん》がある。

2011年3月11日。アメリカから帰国した僕が、ベスといつものようにアパートで曲の調整にいそしんでいたとき、突然、ぐらぐらと「揺れ」が襲ってきた。部屋中がガタガタと音を立てて、重ねていた本やキッチンにおいてある食器などが、床に散乱した。

「え、地震？」

僕は、正直、すごい揺れだとは認識しながら、阪神大震災のときに体感したそれよりは全然ましで、自分の足で立って身動きが取れているし、死ぬことはない、と変に冷静だった。


一方、ベスは相当なパニック状態になっていた。シンガポールには地震がないから、ベスにとってこれが生まれて初めての地震体験なのだ。

揺れが始まると、ベスは、裸足《はだし》で部屋から飛び出してしまった。

それにしても、いつまでたっても揺れがおさまらない。神戸の時だって、第一波がこうは長くなかったような気がする。そして身内に連絡を取ろうにも、携帯電話はすぐに通じなくなってしまった。交通機関も完全にストップ。

ベスはと言えば、よほど驚いたのか、部屋に戻るなりトイレで嘔吐する始末。

しかし、やがて気を取り直すと、日本語でこういった。

「わぁ〜！　連絡しなくちゃ！　みんなが心配！　お父さんお母さんに連絡！」

そして、僕が震源地などを調べていたパソコンを横取りするなり、スカイプや海外のサイトを使って、シンガポールの両親や留学生仲間に次々と連絡を取り始めたのだった。

そのときになり、僕は、阪神大震災の記憶を思い出していた。

あれも、すごい揺れだったな。

家族5人、一つの部屋で固まって過ごしたんだっけ…。

非常時は、溢《あふ》れだす情報の中から正しい情報を見分けるのが難しいものだ。しかし、帰る足をなくしたベスは、落ち着きを取り戻すと頼もしかった。トリリンガルの彼女は、海外にいる知人とのやりとりや海外の報道を通し、日本の様子を朝まで一睡もせずに分析していた。

確かに、東日本大震災は想像を絶する惨劇《さんげき》だった。映像で東北を襲う巨大津波を見て、言葉が出なかった。

数万人もの何の罪もない人々が、突然、命を奪われた。数十万の人々が長年住み慣れた家屋を失った。そして、原発事故の影響もあって、故郷を奪われた人も数知れない。

そんな大震災からしばらく経ったある日、ベスは僕にこんな相談を持ち掛けてきた。

「ねえ、被災者の人たちを留学生のみんなと励ます歌を作りたいんだけど、どんな歌詞にしたら、励ますことができるかな？」

それから、We are with you（一緒に居ます）というベスのオリジナル曲が出来上がった。

ベスの一声で集まった日本にいた留学生たちが、それぞれ母国語で日本を応援する作品だ。ユーチューブで配信したところ、メディアに取り上げられ、話題になっていった。

するとある日、ベスから連絡が来た。

「八神純子さんという人が、We are with youを一緒に歌おう、って言ってきたんだけど！」

「えーっ、マジで？」

八神純子さんは、「みずいろの雨」などのヒット曲で知られている。大スターだ。

八神さんは、当時、被災地支援で、チャリティコンサートを開いていた。そこで、「福島県のコンサートで、We are with youをコラボしません？」とベスに声がかかったというのだ。

それまでも、日本に強い恩を感じていたベスは、東北へボランティアに留学生と行っていたが、このコンサートには、僕も同行して欲しい、と声をかけてくれた。

このとき、印象に残っているのが、八神さんとの会話だ。

八神さんとは、行きの新幹線の中、マネージャーを挟んで傍に座った。八神さんが気さくに話してくれるのに甘えて、僕はこんな質問をしてみた。

「あの、八神さんって、『楽譜派』ですか？　それとも、『楽譜は要らない派』ですか？」

プロのミュージシャンといっても、様々なタイプがいる。楽譜に忠実に演奏しようという人もいれば、楽譜や理論もわからないけれど、大成功している人だっている。

僕は、当時、音楽理論に没頭していたが、頭でっかちで実技に直結せず、もがいていたのだ。

すると、八神さんは、こんな風に答えてくれた。

「うーん、私は楽譜派かなあ。でも、人生にはスランプとか、そうやって悩む時期もあるから、あまり気にしないでいいんじゃないかしら」

第一線で活躍している人の言葉だけに重みと説得力がある。

僕は、その言葉を聞き、難しく考えすぎていたのかもしれないな、と胸のつかえが取れ、少しだけ心が軽くなったような気がした。


また、震災直後には、アメリカ研修で出会ったＤＯ－ＩＴの学生が心配して英語でお見舞いのメールをくれたり、全国に散らばっていた日本のＤＯ－ＩＴの仲間たちも、様々な障害があったから「逃げ遅れてないか」と互いにメーリングリストやＳＮＳで安否を確認し合った。日ごろ頻繁《ひんぱん》にやり取りすることもないが、非常事態に連絡を取り合ううちに、改めて、仲間がいることの喜びやみんなの優しさに触れた思いがした。

もちろん、東日本大震災はあってはならない人類の悲劇である。だけど、僕は、震災をきっかけとして、貴重な出会いを経験することができた。

親友が東京にやってくる

## 男同士の不思議なルームシェアが始まった

2012年、気がつけば、東京に出てきて、早くも5年が過ぎようとしていた。

そのころから、中澤がときどき東京に来るようになった。東京にある美術大学の通信制に籍を置いていたので、そのスクーリングに出席するためだ。

中澤とは、僕が東京に住むようになってからも、ずっと連絡を取り合っていた。家族も含めて、神戸にいたときの知り合いとは距離を置きたかったが、中澤なら一緒にいても、全然、肩が凝《こ》らない気が置けない仲だ。それに中澤の包容力が半端ないので、むしろ僕にとって、中澤は精神的なサプリメントのような存在になっていた。

東京に中澤が来たとき、いつものように、新宿のカフェでコーヒー片手にとりとめのない話をしていたら、中澤が、ふいに「東京に住もうかなあ…」と言い始めた。

「どうしたん？　突然」

「いや、イラストの仕事とかするんなら、こっちのほうがええかな、とか…」

口ではそう言っていたが、そのとき、インターネットで親しくなった女のコがいたようで、東京に来れば頻繁に会える、というのが本音だったのかもしれない。

「東京、来るん？　それはええかもなぁ」

「でも、そうすると、住むとこ探さなあかんよな…」

中澤は、天井を見上げ、視線をくるくる動かしながら、考えを巡らせていた。

その様子を見た僕は、間髪入れず、こんな提案を持ちかけた。

「住むとこ？　とりあえず、おれんところ来いよ！　そこから、ゆっくり探せばええし…」

中澤が東京に来てくれれば、僕の方だって心強い。それに、僕の両親も中澤が来ると言えば、少しは安心するだろう。

心配性の母は、僕の生活が気がかりなのか、家を出てから、たくさん自筆の手紙を送ってきてくれた。庭に薔薇《ばら》が咲いたとか、家族…。特に「あれ以来」、どこで何をしてるのかも知らぬ姉の近況、そして僕の生活を気遣う文面が何枚もの便箋《びんせん》にしたためられている。

中澤のほうも、とりあえず僕と一緒に住むと言えば、家族にも話しやすいはずだ。

つまり、互いに利害関係が見事に一致していたのだ。

こうして、二人のルームシェア生活が始まった。

中澤は、ルームメイトとしても活躍してくれた。タバコは苦手だったので、喫煙家《きつえんか》の中澤との同居には少し不安があった。でも一緒に暮らしてみると、かなりきれい好きで、部屋の掃除も率先してやってくれた。僕が疲れていると分かれば、ごちゃごちゃ言わず、そっとしておいてくれる。だから、とても居心地が良かった。

ただひとつ、びっくりすることがあった。

ある日、外出してアパートに戻ったときのことだ。

靴を脱いで、部屋に上がると、突然、「ありがとう」という手書きの文字が飛び込んできた。

改めて見直すと、たんす、机などの家具はもちろん、冷蔵庫、炊飯器、洗濯機に至るまで、ありとあらゆるものに、「ありがとう」と書かれた短冊のような紙がベタベタと貼られている。

僕は、びっくりして「どないしたん？　これ！」と大きな声で尋ねた。

すると、中澤は、当たり前のように、こう言い放った。

「だって、みんな、生きてるやろ？」

「は？　生きてる？」

「うん。冷蔵庫は食べ物を冷やす、炊飯器はご飯を炊く、みんな働いてくれてるやん。だから、『ありがとう』なんや。お婆ちゃんが、いつも、言ってる」

中澤は、なぜそんなに驚くのか、と言わんばかりだ。

中澤は、そのほかにも段ボールで作ったユニークな分別用のごみ箱など、様々な「アート」を制作しては、僕らのアジトに設置していた。

僕が仕事を終え研究室からアパートに帰ると、中澤ワールドが展開していることも多かった。

どこかの神社で購入したらしいお札に手を加えたものをオカルトチックに供《そな》え、線香を焚《た》きながら気持ち良さそうに寝そべっていたときもあった。

「お前、火事にはするなよ…」

「この匂い、めっちゃ好きやねん」

（こいつは、こいつの世界で生きてるんだな）

僕たちは、お互いの世界を世間に見てもらおうと、二人でジョイントイベントを企画した。イベントと言っても、大がかりなものではなく、中澤の作品を展示して、その場所で、僕が決まった時間に生演奏をする、というものだ。

場所は、当時、よく二人が出入りしていたバーのマスターが、「場所は貸すから、好きにやってみたら？」と言って貸してくれた。

早速、チラシ作りに入った。イラストは中澤、僕はコピーを考えた。

手作りの展覧会、手作りのステージ。バーのマスターも、イベント目当ての客が入って酒を飲んで行ってくれたことに満足そうだった。気の合う同郷の同居人と一つのジョイント企画を成し遂げたことに、僕は達成感と充実感を覚えた。

ルームシェアを解消して都内23区に引っ越した今でも、僕のアパートの家具には、中澤と暮らしていたときの「ありがとう短冊」が貼られたままになっている。

人の縁とは不思議なものだ。中学でわずか数週間しか同じ教室にいなかった男と東京で共同生活をし、一緒にイベントまでやっている。きっと僕が病気で倒れていなかったら、再会することはなかったはずだ。

しかし、今となっては、そういうきっかけはどうでもよかった。

中澤に救われてきたことは、まぎれもない事実だ。僕の愚痴《ぐち》を聞き、悪ふざけにつきあってくれる。一緒に遊んだり悩んだり、時には夜を徹して語り合ってくれる。

親友と呼べるのは中澤しかいない。

最近は、自己啓発のセミナーに通っていたころに講師をされていたライフコーチで講演家の上村浩晶さんをボスに、中澤とインターネットを使った仕組みで、仕事まで一緒に始めた。

学校、家庭、会社でなくても、僕らは居場所を作ってきた。僕はこれからも、様々な場所や時代に出会った方々との「ご縁」を大切にしていきたいと思っている。

18歳のビッグバン　第5章

# 未来に向けて

## 多様性に開かれた共生社会に向けて

# 人はマジョリティとマイノリティを行き来する

僕は、障害者として生きるようになってから、世の中の流れが、誰も「待った」をかけない様々な前提に従っていることを改めて感じるようになった。

それは、「社会は、常にマジョリティ（多数派）基準」ということだ。そして、その裏には、困っていても声を上げることができないマイノリティ（少数派）の存在がある。


分かりやすい例が、ＪＲや地下鉄などの駅の改札。

改札口では、入退場するとき、改札機に切符を入れるかカードをタッチする。どの駅でも、改札機は人の右側に来るように設置されている。言うまでもなく、右利きの人に合わせているからだ。自販機からネジやハサミに弦楽器まで、右利きが優先で社会は設計されている。

左利きの人は、ストレスでも右利きへの矯正が盛んだった時代もあった。

これは、利き手をもとにした多数派と少数派の話である。

では、健常者と障害者という視点では、どうだろうか。

当然、健常者がマジョリティで、障害者がマイノリティである。

いまでこそ、駅などの公共機関で車いすのまま乗れるエレベーターや、誰でも入れるトイレを当たり前のように見かけるようになったが、ほんの数年前までは、あまり見かけなかった。車いすを使う人は多くないから、コストパフォーマンスの視点からもわざわざ設置する必要はないと考えられていたのだろう。

マジョリティとマイノリティと言っても、実はその境界もあいまいであり、その間には無数の線引きが可能である。

例えば、健常者か障害者かは、たかだか診断書一枚。身体機能に障害があるかないかで決まる。精神障害は精神や行動に特定の異常があるかどうか、知的障害は精神年齢と生活年齢（実年齢）の「一般的」とされるギャップの程度によって決まる。

同性愛者か異性愛者は、性的指向（どちらの性別を恋愛の対象とするか）で決まる。

仏教徒かキリスト教徒かは、信じる教義で決まる。

このような分類はいくらでもできる。

線引きがこのように無数にあるということは、言い換えるならば、誰もがマイノリティになる可能性があるということでもある。何かの線引きによってマジョリティとマイノリティが分けられたとき、マイノリティが偏見の目でみられたり、不利な扱いを受けることが多い。

例えば、健常者であるAさんの顔に大きなアザがあったとする。顔に大きなアザがある人は少ないので、その限りにおいてはマイノリティである。

また、マイノリティの枠の中でも、マジョリティとマイノリティに分けることが可能である。例えば、僕のような「見えない障害」を抱える人は、障害者の中でも少数派に属した。これは、数の問題というより世間での認知度の問題だろう。事実、あのセンター試験の特別措置の内容を見る限り、僕のような障害者は、少なくとも文面上、「いない者」とされていた。

障害を再定義せよ

## フェイストゥフェイスの対話とリアリティ

今は、バリアフリーという言葉が広く使われるようになった。簡単に言えば、社会的弱者が生き易いように障害（バリア）を取り除く（フリー）という考え方である。

この場合、一般的には、高齢者や肢体不自由者や視覚・聴覚障害者など、見た目から分かりやすい障害者を対象としている。言い換えれば、それ以外のマイノリティは、社会的弱者とはみなされてこなかったとも言える。

実は、医学で認定される「障害」の大小と、当事者が感じる社会生活での「困難」の大小、そして「精神」の良し悪しは、必ずしも比例しない。

実際、社会的には健常者とみなされている、あるいは、そう思い込んでいる人の中にだって、配慮が必要な人はたくさんいる。それならば、社会は「分かりやすい対象」にだけ注目するのではなく、障害認定されていなくても実質的な困難を感じている人にも、目を向けるべきではないだろうか。障害（disability）から困難（difficulty）として、人を見直そう。

世の中には、診断で「障害者」として分類されなくても、社会生活で困難を感じている人は多い。例えば、身体的な機能には問題なくても、顔など普段、露出《ろしゅつ》するところに大きな傷跡や病変があれば、偏見の目で見られることがある。嗜好、容姿、国籍、人種、出身地、所得、性など、スティグマの要素はいくつでもある。医学ベースから、社会ベースで配慮を考えよう。

僕は、かなり多くの人と、フェイストゥフェイスで「対話」する多くの場を与えられてきた。「語る」という行為は、同時に「考える」行為にもつながる。そして、専門家でも教科書からは拾《ひろ》えない「自分だけの言葉」を獲得するという、大切な行為だ。「語る」前には、頭を整理したり、人に伝わる言葉を探したり、物事の本質を見極める必要に駆《か》られたりする。

「聞く」という行為も、やはり「考える」行為につながる。渦中にいるときは、自分だけ一人、障害のせいで苦しんでいると塞《ふさ》ぎ込んでいた。しかし、メディアを介さず、リアリティのある環境で人の言葉に触れたとき、そもそも、障害の有無に関係なく、生きるということ自体が簡単ではないのだと耳を傾ける中で共感が生まれ、人としての人生への見方が整理された。

たとえば大学のゼミの研究に僕を選んでくれた学生たちは、レールから外れられない人生への息苦しさや人との比較、それぞれ抱えている思春期の悩みを打ち明けてくれたり…と。

大げさにマジョリティやマイノリティなんて分けてみるけれど、案外、マジョリティなんて、自分がマイノリティだと疑ったり気が付いていない人の集まりだったりもするんじゃないか。自分が大切にしている価値観。多様なあり方。それらは、マジョリティとされている側でも認められてこそ、閉塞した社会の扉が開き始める——。

### 福島智先生とのディナー会

## 僕も知らない僕を巡って

中邑先生同様、僕に大きな影響を与えてくれたのが、東大先端研の福島智《ふくしまさとし》教授だ。「日本のヘレンケラー」と呼ばれ、アメリカの『TIME』誌が選ぶ「アジアのヒーロー」に、松井秀喜、坂本龍一、朝青龍らとともに選ばれるなど、世界からも注目を集めている。

福島先生は、3歳で右目、9歳で左目を失明して、18歳のときには突発性難聴《とっぱつせいなんちょう》で聴覚を失った。だから、目が見えず、耳も聞こえない。誰かから話しかけられると、通訳の方がその内容を福島先生の手のひらへと「指点字」で伝える。それを解釈した福島先生は、突発性難聴になる前の感覚を頼りに、口で話をする。

光も音もない世界に生きていくことは、想像を絶するほどの過去があったに違いない。でも、福島先生は僕と同じ神戸の出身で、明るく、気さくに関西弁で僕たちに接してくれる。

初めてお会いしたのは、2006年。中邑先生から受け取ったあの「チラシ」の講演会に、東京まで夜行バスで駆《か》けつけた時だ。

思えば、あの小一時間程度の講演会は全ての出発点だった。中邑先生、シェリル、福島先生。みんなが揃っていた。

そしてそのとき、福島先生はこんなことを聴講生に語りかけてくれた。

「私は、盲《もう》ろう者として日本で初めて大学に入学し、世界で初めて盲ろう者としての大学教授になりました。とてもしんどいことだけれど、もし前例が無ければ、一握りの前例になればええんやと思います」

当時、そのパイオニアの言葉に聞き惚れた。いま僕は、大学も出ずだけれど、その一握りに夢を托《たく》し、走ってきた。

でも、障害者って、なんだろう。

自分は悲劇のヒーローを気取っている気がしたし、『五体不満足』で知られる乙武洋匡さんは根っからのヒーローに見えた。そして福島先生は悲劇からのヒーローという感じ。

別にヒーローでなくたっていい。

あるがままでいればいい。

それはそうだ。

僕は、母校に帰るというので改めて、己がどのような存在なのか、悩んでいた。


ため息を漏らしたある日、福島先生が、僕をディナーに誘ってくれたことがあった。

中邑先生の中邑研と福島先生の福島研は、同じ先端研の3号館5階の隣同士。仕事を終えた福島先生は、正門にタクシーを呼んで僕に言った。

「小林君、お酒は飲めるんか？　今から会食に行こう。会計の心配は無用です」

僕はコンビニの安ワインくらいしか飲んだことがない。福島先生は味覚、臭覚、触覚を大切にする大のワイン通で知られている。僕は躊躇《ちゅうちょ》した。

中邑先生に話すと、「若いときに、一流のものに触れておくのも大切な経験だよ。忙しい先生が折角ご馳走してくれるんだ。楽しんでおいで」との言葉。

福島先生と二人の女性通訳者、そして僕は、タクシーに乗り込んだ。

渋谷の少し外れた路地にあるワイン蔵。

暖かい部屋に通された一行のテーブルにはフォアグラやキャビアといった、まだ僕の人生に登場したこともない食事が運ばれてくる。店主のソムリエも先生とは親しげの様子。こんな高級店にいても、先生は下の話から上の話まで、愉快で冗舌《じょうぜつ》だ。

食事をしながら、先生はこんなことを話してくれた。

「情報を詰めたり、新しい世界を知ることも大事だけど、本当にやりたいことはなんなのか、心の声を聴くことが一番に大事なんです」

そして、様々な話の最後に、「しんどい時は寝てればええんやで」とポツリ付け加えた。


確かに、これまでの僕は、自分が置かれている状況を、なんとか打破しようと、焦って自分を発信することや新しい世界を知ることばかりに躍起《やっき》になっていたような気がする。福島先生の「心の声を聴く」や「しんどい時は寝てればいい」という、まるで、近頃の僕の生き方を見《み》透《す》かされたような言葉は、僕の心にグサリと突き刺さった。

僕の漏らした不安は、通訳の指と指を通じ、かなり本質的に伝わっていた。


それから何日かして、福島先生から一通のメールが届いた。そこには、こんなことが書いてあった。

「しんどい時は、無理しないのが一番です。

ぐうたらと過ごして、あれこれぼんやり考えることが、長い目でみると人生の財産になると思います。焦っても仕方がありません。

大事なことは、自分が何をしたいかをゆっくり考えること。

人が自分をどう見ているか、どう考えているか、などということは、どうでもいいことなんです。しかし、他人が、価値を感じて評価してくれる小林君。それも『本当の小林君』の一つかもしれません。のんびりと、お互い関西人らしくボチボチいきましょう」

それまで常に「このままではいけない」という焦燥感《しょうそうかん》に駆られ続けてきた僕は、何か新しい方法はないか、苦悩から解放される道はないかと、ひたすら手がかりを探す日々を送ってきた。

だから、福島先生からのメッセージには、ズバリと痛いところを突かれた感じがした。

「いったん、いろんなところに顔を出すのをやめてみよう」

そして、インプットやアウトプットを休憩し、研究室とも少しだけ距離を置いてみよう、と考えるようになった。そう、「心の声」を聴くために。

福島先生は、こうもおっしゃっていた。

「やりたいことは全力でやるべきですね。中途半端では価値がない。『正しさ』も大事ですが、『楽しさ』も同じくらい大切に」

福島先生からいただいた一連の言葉は、すべて僕の心の琴線《きんせん》に触れるものばかりだった。僕は、福島先生にもらったアドバイスを踏まえて、じっくりと「やりたいこと」をこれから育てていきたいと思っている。

## 帰郷、そして帰京
# 僕は僕に逢いに行く

光が射して目覚めると、夜行バスがターミナルに着いた。

まだ、母校での講演会まで、1週間ある。

僕は、忙しい東京での生活から解放されて、故郷の懐かしい場所へ足を運んだ。なくなったものもあれば、新しくなったものもある。変わらないものもあった。

僕の倒れた大阪駅周辺は、大改装がおこなわれ、かなり複雑になっていた。でも、あの日と同じように、梅田の赤い観覧車は青空に映《は》えている。

中澤との再会を果たした尼崎も、駅前を見る限り、随分と景色が変わっていた。15年前に「なんでやねん事件」を起こしたアルカイックホールでは、今も夏になると吹奏楽コンクールが開かれ、楽器を構えた兵庫県児で賑《にぎ》わっているという。

中高時代のたまり場で、おばちゃんが学校近くで切り盛りしていた「たこ焼きタマちゃん」は潰《つぶ》れてしまったが、部活帰りよく通った「ラーメン嬉し屋」のおっちゃんは元気そうだった。春菜ちゃんと遊びに行った三田市民会館は閉鎖され、郷《さと》の音《ね》ホールという立派な音楽ホールが建設されていた。一緒に課題曲を練習した武庫川の河原は、時の流れを感じさせない。神戸の震災でズラリと仮設住宅が並んでいた近所の公園は、本当にあの大地震があったかと思わせるくらい、大人になって視野を狭めた僕には、グランドが広く映った。

両親は、還暦を迎えて、落ち着いた生活を送っているようだった。姉は、北欧在住のフリージャーナリストとして日本のマスコミ相手に仕事を始めたらしい。妹は、父と母が学生時代を過ごした京都で大学生をしている。

「本日は、ご清聴ありがとうございました」
三田学園での講演を終えた僕は、一礼した。
先生や後輩たちが、一斉に盛大な拍手をしてくれた。
いつもより緊張した講演会を無事に終え、僕は少しホッとした。

今という、新しい時代を思春期に生きる後輩たちが、僕の話をどう思ったかはわからない。

だけど、いま、僕ができる限りの話をしたつもりだ。

　僕が通っていたころと比べると、三田学園もずいぶん変わった。今の中高生は、パソコンを使う技術もあるし、携帯電話やスマートフォンを持っている人も多い。それに僕たちのときは男子校だったが、いまは男女共学だ。いろいろな意味で、昔に比べれば、ずいぶん学生生活が送りやすくなったように思う。

　でも、やっぱり、みんな、それぞれの悩みをそれぞれの年代で抱えているものだ。強面《こわもて》だった先生たちも、時代の変化や女子学生の指導といった対応には、苦労されただろう。

白髪交じりに僕に握手を求める。

「小林先生でした」

　質実剛健・親愛包容を叩き込まれた恩師に「先生」と紹介されるのは照れ臭い。

　三田学園の後輩たちに限らず、僕は今でも学生に向かって話をすることが多い。

　すると、障害のあるなしにかかわらず、みんな様々な悩みを抱えていることがわかる。

　そんな様子を見て、僕は、ある時から、特に学生が聴衆のときには、あるテーマをよく取り上げるようになった。

　それは、『健常者福祉』である。

これは東大先端研の准教授で、車いすユーザーの医師としても活躍されている熊谷晋一郎《くまがやしんいちろう》先生が提唱されている「自立論」からの引用だ。

いま、世の中では、「依存」が問題になっている。アルコール依存、ニコチン・薬物依存、買い物依存、恋愛・セックス依存…。最近は、ネット依存症やスマホ依存症などという言葉も登場している。

例えば、アルコール依存症の人は、機能不全な家族や世の中にいて精神的安定を得るためにアルコールに頼る。だから、アルコールが切れると落ち着かなくなる。

依存症の怖さは、アルコールや買い物などの「依存先」に全面的に頼っていることにある。依存先を失えば、途端《とたん》に身動きが取れなくなり、途方に暮れる。

その点、ある意味では、障害者も常に、誰かに、何かに「依存」している。例えば、足が非常に不自由な人は、車いすがないと一人ではどこにも行けない。車いすに依存しているわけだ。

東日本大震災の後、熊谷先生からこんな話を聞いた。

地震が起きたとき、研究棟のエレベーターが5階で止まってしまったので、熊谷先生は身動きが取れなくなってしまった。

一方で健常者の研究員は、エレベーターの他にも階段なりロープなり、日ごろ依存先が量という点では他に幾つかあったから、難を逃れることができたとも言える。

逃げ道が限定されていると、それが奪われた途端に身動きが取れなくなる。その「依存先が限定されている状態」が障害の本質なのではないかと熊谷先生は話していた。だから、依存先は一つに限定せずに分散しておくことが肝要なのだ。

投資を例にとれば、1つの投資先に資金を集中してしまうと、それがだめになったときに、大金を失うことになる。そこで、リスクマネジメントとしてポートフォリオ（分散投資）という方法が生まれた。


人も同じで、たくさんの依存先を持つことで、リスクを軽減できるのだ。

僕の場合は、上京してから、DO－ITや東京大学の研究室、NPO、学生たち、音楽仲間など、たくさんの依存先を得ることができた。だからこそ、苦しいながらもこれまでなんとかやってこれたのだと思う。

「これしかない」「この人しかいない」「ひとりで頑張らなきゃ」という思いに囚《とら》われると、本当に追い詰められてしまう。人はそれを失ったとき、身動きがとれなくなる。

「人に迷惑をかけない」という考え方自体は立派だと思うし、日本人として念頭に置くべき心得の一つではある。しかし、「絶対に人に迷惑をかけるな」という言い分を極端に突き詰めると、

「人と関わるな」ということになってしまう。「自立」への道は、「孤立」への道ではない。

あえて言えば、人になるべく迷惑をかけたくないなら、依存先の一点集中ではなく、いくつも依存先を持ち、それぞれにかかる比重、つまり依存度を軽くしておくことが望ましい。

例えば依存度が10の依存先を1つしか持っていないより、依存度が2の依存先を5つ持つとか、極論すれば、依存度が1の依存先を10持つ方が、依存先の負担が軽くなるし、何より自分自身の負担も減らせるのではないか。

一つひとつの依存先への依存度が低ければ、一つくらい依存先を失っても問題にはならない。矛盾するかもしれないが、依存先をたくさんもつことこそが、「自立」への道を拓《ひら》くことになるのだ。

つまり、自立と依存は、対立関係にあるのではなく、互いに裏表の関係にある、と言うべきなのである。

このことを、僕はインディペンデンス（独立）ではなく、マルチディペンデンス（複数へと上手に頼ること）で自律できたなら、それも「自立」じゃないかな、と説明した。

インディペンデンスという強い意志も必要だろうけど、どこかで、マルチディペンデンスを意識しておくと、少し生き易くなる。自分や人と優しく向き合える。違いがあっても、きっと並び合うことだってできる――。

僕の伝えたかった「健常者福祉」は、いつか三田学園時代で育んだ考え方に、少し抵抗するところもあったかもしれない。

僕は、かつての僕に言い聞かせるように語った。

東京に帰る新幹線の中、僕は、それが少し可笑《おか》しく、どこか爽《さわ》やかだった。

# エピローグ――原宿駅、雨宿りの再会

2014年12月。

フィンランドで国際結婚をした姉が、仕事と新婚旅行を兼ねて日本に寄るので、式にも立ち会わなかったんだし、会わないかという話があがった。たぶん、家族の仕掛けもあった。

待ち合わせの約束は、「原宿駅、16時30分」ということのみ。

雨がザーザー降るなか、約束の時間、僕は表参道口に立っていた。

「あ、るーちゃん！」

その懐かしい声、懐かしい呼び名に、一瞬、胸がドキッとした。

「お、ねーちゃん…」

「どっか、入る？」

じゃあ、ということで、傘も携帯もふだん持たない姉と喫茶店を目指すことに。

フィンランドに嫁入りした姉と、弾《はず》む話もなく東京で相合傘。何とも不思議な感じだった。


「結婚、おめでとう」

竹下通り沿いの喫茶店に入り、ブレンドを注文してひと息ついたところで、僕は、明治神宮で購入した夫婦円満のお守りを2つテーブルに並べる。

「へええ、ありがとう」

すると、姉も何やら包みを取り出して、テーブルの上に差し出した。

「はい、これ誕生日」

姉は、28の誕生日を迎える僕にフィンランドで購入した帽子を用意していたらしい。

「お、おう。ありがと…」

お互い、予期せぬサプライズ。どちらが先に手を延ばすか困った。

そして僕たちは、眼もうまく合わせず、照れ臭そうに語り始めた。

あれからのこと、それまでのこと、これからのこと…。

そのとき、姉との間にできていた氷のような壁が、少しずつ溶けていくような感覚を覚えた。

「るーちゃんも、大変やけど、頑張りーや」

「ありがとう。ねーちゃんらも、お幸せに」

お互いにギクシャクした時期もあったが、とんがっていた姉も、いい意味で角が取れて丸くなった感じがした。それは僕も同じだろう。

こうして、顔と顔を突き合わせて対話するのは、何年ぶりか。時間の力なのかは分からない。かつて、姉に冷たい言葉を突き付けられたときは、こんな日が来るとは、夢にも思わなかった。あのころ僕は、一方的に傷ついたと思っていたが、姉は姉で、自己実現のために、やっぱり大変だったのではないか。ほかの家族も、決して悪意で接したのではなかったはずだ。

万物は流転《るてん》し、諸行無常《しょぎょうむじょう》が世の常である。

だから、人生は良くも悪くもどうなるかわからない。

「喪失」、「停滞」、「葛藤」、「受容」、「再生」。

中途の障害者には、様々なステージと様々な順番があるとされる。

考えてみれば、身体的な状態としては一番ひどかった入院直後、最も障害受容ができていたように思う。それは障害による実生活での困難が、手取り足取り世話をしてくれる病院の中にいては想像できなかったからだ。だけどその後、社会に出て有形無形の困難が顕在化し、障害を意識する機会が増えた。

つまり実際のところ、僕には障害の「顕在」というステージが存在し、時間の経過とともに受容できると思っていた障害も、時間の経過とともに受容できないものとなっていったのだ。
自分に厳しかった僕も、再現性の無い健常者時代の成功にはすがらず、障害者になってからの失敗を改善しようと、「良かったことを忘れ、悪かったことばかり記憶する」という、かなり偏った思考パターンで自分を追い込んでいた。
18歳の前と後で、生き方をリセットし、人生を分けて考えようと、不器用に生きてきた。

どっちも、ひっくるめて、「小林春彦」、でええやないか—。
そんな風に思えるようになったのも、過去のキズや家族との関係をこうして棚卸《たなおろ》しするようになった最近のことだ。そして今は、能力の限界をはじめ理解の限界や承認の限界、様々なことを受け入れつつある。何でも力づくで克服できる、ではなくて。

誰に感謝していいのか、分からない。あの春以来、いつも僕は、心の奥底で、何か恐怖心を抱えていた。それでも、10年という月日が降り積もり、そこに感謝という厚みを感じられること。今は、それ自体に、「ありがとう」と言いたい。

また、春がくる—。

# あとがき

## JR福知山線事故から10年

原稿を書き上げて先日、JR福知山線事故から10年という節目の事故前夜4月24日。青春時代を過ごした兵庫県三田市の三田市総合文化センター「郷の音ホール」で「追悼コンサート&希望トーク」という追悼イベントを企画・開催しました。

例年、春がくる度に多くのメディアが「JR福知山線事故から〇年」と伝えます。それは、私には「障害者になって〇年」と訴えかけてくるようにも聞こえてなりませんでした。

しかし、ようやくその〇年が二桁になったということで、何か地元に恩返ししたいとの思いが巡りました。

そこで、私が発起人となり、東京から声をかけました。関西在住の小学校、中学校、高校の同級生たちが実行委員を組織してくれました。当日2時間の催しでは、私も帰省して総合司会を務めました。三田市長をはじめ、市内の吹奏楽団、少年少女合唱団、混声合唱団、オーケストラに参画していただき、7歳から80歳までの市民が様々なジャンルの音楽を奏《かな》で、会場で想い想いを共にしました。

翌日、私は福知山線に乗っていました。列車が尼崎駅にさしかかったとき、哀悼の長い警笛が鳴り、車掌さんが事故10年に対するお悔やみと挨拶文を数分かけて読み上げはじめました。そしてそれを聞きながら、例の事故現場の前を通過しました。

あの脱線事故以来、鈍行も快速も、事故現場を通る時はとりわけスピードを落とすのが習慣になったのですが、この日はその速度の落ち方もとりわけ…という感じでした。まばらな乗客も、神妙に窓の外を眺めていました。

あのとき起きた事件や事実も、そこから今にまでなんらかのかたちで「後遺」しているものごとも含めて、今後も忘れられないことはたくさんあります。しかし、そういう記憶や過去の産物を宿しながらも、今一番自分がリアルに意識できて、実感できるものは、やっぱり「今」の自分の肉体であり、感情であり、思考であり、取り巻かれている環境です。そして、それらこそが、唯一今からでも、自分自身の力で変えていけるものでもあります。

「過去」は、「今」の心身に強く影響をおよぼすものではなく、必要なときにだけ思い出したり反省したりして、理想としての「未来」をつくりだすための、最小限の判断材料にとどめておきたい、と思うのです。良かったことも苦いものもいっぱい詰まった卒業アルバムのように…。

ＪＲ福知山線事故 10 年
追悼コンサート
＆ 希望トーク
私たちのふるさと、三田市からの、想い想い
三田市総合文化センター 郷の音ホール
2015年4月24日(金)
18:30 開場
19:00 開演
主催 三田市JR事故有志音楽仲間の会
後援 三田市・三田市文化協会・三田市音楽協会
■三田市JR事故有志音楽仲間の会
代　表　小林春彦
実行委員　中平雄大　今北賢治　芝原陽兵　喜田智也
中澤基浩　小中公平　高橋良英　茂利 静

「ＪＲ福知山線事故10年　追悼コンサート＆希望トーク」を
2015年４月24日に地元三田市で開催

（第３種郵便物認可）　神　戸　新

# 届け追悼のハーモニー

## あす郷の音ホール

尼崎ＪＲ脱線事故から10年に際し、「追悼コンサート＆希望トーク」が24日、三田市総合文化センター・郷の音ホール（天神１）で開かれる。事故で犠牲になった市内女性２人の音楽仲間らが、５年ぶりに実施。市内の吹奏楽団など４団体計約80人が出演し犠牲者を悼んで演奏する。（村上晃宏）

## 尼崎ＪＲ脱線事故10年を前に

### 犠牲の２女性　音楽仲間ら演奏会とトーク

亡くなったのは、ともに19歳で私立大1年と公立大2年の女子学生。中学、高校で合同演奏会などを通じて2人と交流のあった東京大学先端科学技術研究センター研究補佐、小林春彦さん(28)が、中高の同級生らと企画した。

小林さんは2005年の事故後、吹奏楽仲間とともに2人の告別式で演奏。10年には、2人の先輩・後輩の音楽家らを集め、追悼公演を開いた。

今回は、三田混声合唱団、三田少年少女合唱団、三田市オーケストラとウインド・アンサンブル・コスモスから有志が出演し、計10曲を披露。最後に、来場者とともに「故郷」を合唱する。

「希望トーク」では、各団体の代表者らが、事故後10年の歩みと、今後の活動について話す。小林さんは「犠牲になった人たちを思う時間を共有し、未来に向けた一歩が踏み出せれば」と話す。

午後7時開演。入場無料。

「追悼とともに、希望を示せるような公演にしたい」と話す小林春彦さん（中央）ら＝三田市南が丘2

「追悼コンサート&希望トーク」は各メディアでも大きく報道された

コンサート出演者の集合写真

## 合理的配慮の時代がやってくる

思春期にしてはあまりにも目まぐるしい変化に追いつかなかった十代。心を悩ませていたとき、ある政治家に社会の矛盾を口にして、こんな説教をされたことがあります。

「世の中には、手足が無いというのに、もっと大変で、前向きに頑張って生きている人がいる。どうして君は五体満足で、そんなに屈折しているんだ！」

私は「高次脳機能障害」という診断を下されました。生まれつきの先天的な性格や能力と、病気をしたから抱える後天的な性格や能力とを区別するのに、困惑していました。

何を受け入れて、何を克服するのか。

もちろん、生まれつきどうだったかとか、病気をしてどうなったかとか。そういったものをひっくるめて、人は「今あるものが全て」と引き受けて、勝負していかなければなりません。それは仕方ありません。

そうではあるけれども、あの日、権威からの怒鳴り声に怖くて返す言葉もなく震えていた私が求めていたのは、「哀れみ」でも「優しさ」でもなく、ただ「公平さ」一つでした。

アメリカには、DO－ITでも長く議論してきた「合理的配慮」という考え方があります。

それは「障害者が何らかの困難に対しての配慮を得ることは、周囲の善意ではなく、障害者にとって人として当然の権利である」という考え方です。

そしてその配慮を要請するのは、家族や配慮を提供する側といった周囲でなく障害を持った当事者本人でなくてはなりません。ですから、障害者には、自分の障害とそれによって生じる困難と希望の配慮を説明するという自立した態度が求められます。

さらにこの「合理的配慮」が画期的なのは、お役所的な障害種別による画一的な配慮の提供ではなく、同じ障害を抱えていても、その困難の現れ方は十人十色ですから、一人ひとり個別のケースを考えなければならないということです。

ただ、これは必ずしも障害者を主体に考えられたものではなく、配慮を提供する側（教育機関や就労の現場）にとっても、過度な負担とならないよう、合理的にお互いの妥協点を調整する、という意味合いも含んでいます。

私がこの本でマイノリティに限らずマジョリティにもゆとりが必要だ、と伝えたかったのは、双方が様々な困難や事情を抱えているなか、一人ひとりと向き合うためには、互いが各ケースで求められる本質とは何なのかを、丁寧に議論する余裕が必要と思ったからです。

マイノリティがマジョリティを思いやるなんて、上目線でしょうか。

日本では、特別支援・特別措置という言葉のように障害者への支援を「特別」と言います。

他方、アメリカでは「level the playing field（土俵を等しくする）」と言います。ハンディのある人が支援を受けることは人として当然の権利と捉《とら》えられているのです。

これは、運動会で一緒にゴールしましょうとか、順位をつけるのはやめましょう、という話ではありません。

もちろん、全てアメリカに倣《なら》うべき、とも思いません。日本は日本で独自の道を切り拓いていけばいいのだと思います。ですが、やはり先行事例として見る限り、「合理的配慮」という考え方には参考にすべきところが多くあるように思っていました。


「優しさや善意」「公平や公正」「差別と区別」…。私たちが当事者としてこの日本に育ち、そうした難題についての議論を続けていたとき、一つ大きな出来事がありました。

「障害者差別解消法」という法律が国会で成立して、いよいよ2016年に施行されることが発表されたのです。

その法律には「合理的配慮」が記述され、本当の意味で、日本に合理的配慮が誕生することになりました。これは日本にとって記念すべきことです。関係者の間でも、大きな話題として駆け巡りました。

私も本書をイメージし始めたころで、自分のやってきたことを振り返ったとき、今回の執筆にあたり大きな後押しにもなりました。

あの「チラシ」を受け取り、中邑賢龍先生、福島智先生、シェリル・バーグスターラー博士達と初めて出会った２００６年の講演会から10年の歳月が流れたことを思うと、何とも感慨深く思うわけです。

## 出版に際しての想い

さて、この本を著すのは、思いのほか大変なことでした。皮肉なことですが、あの18歳までの健常時代の私が、「弱者へのイメージ」に大きな偏見を持っていたということに、私は障害を抱える当事者となって初めて思い知ったのです。

ひところメディアでよく見られた「屈託のない笑顔でがんばる障害者の感動ストーリー」といった典型的な「障害者もの」に、かつての私はピュアな感動と心地よさを感じていましたし、視聴者としての私は身近な障害者にも、それが現実であるかのように思っていました。

しかし、障害者も人として悩み苦しみ、ドロドロとした「普通」の感覚も持った存在であるのが実際で、私はこの本ではそういった自身の経験してきたリアリティをなるべく具体的かつ忠実にさらけ出したいと思いました。虚像ではなく、実像の私が表現したかったのです。

本編でも述べたように、「障害者がメディアによって視聴者にはどのように消費されるのか」という疑問について、私もかなりの葛藤があったわけです。

ただでさえ「見た目から分からない障害、言葉で説明されてもよく分からない障害」という、恐らく多くの読者にとっては未知の問題。そんな繊細な話について、私があたかもその分野のモデルケースになってしまうことや、誤った情報だけが独り歩きしてしまうことは、なるべく避けたいことでした。

自分に何か意図があってもなくても、その「伝え方ひとつ」で言葉はどうとでも改変され、伝わっていきます。だから、とにかく丁寧であることに拘《こだわ》りたいと思っていました。

ですから、出版社・編集者選びは慎重でした。

「あけび書房」という出版社に原稿を持ち込んだきっかけは、私がいま大きな関心を寄せている社会保障の問題を広く扱っていたということと、今年、第30回梓会出版文化賞を受賞されたということで話題になっていたことです。

編集にもあたってくださった久保則之社長は、この出版不況のなか、私に自費出版を促すことも買い取り要求することもなく、しっかりした本を出すということへの意義と信念をもって、私の稚拙な文章と丁寧に向き合ってくださいました。

商業的なことを言えば、「障害なんて、不幸でもなんでもないよ」とか「障害があっても僕は明るく生きてるよ」といった希望に溢れたメッセージがどれだけ世間で受け入れられやすいかを考え、這いずり回っていた時期をカットし、売り物にすることもできたでしょう。

しかしそれでも、私の希望するリアリティへの想いを汲んでくださって、本書のような形での出版にゴーサインを出してくださったことに、心より感謝しています。

また、本著はこのほか大勢の方々の協力があって完成に至ったことを特筆しなければなりません。私が次の進むべき道と自分の過去を見つめ直してとまどっていたとき、

「本、出してみたら？」

と執筆を勧めてくださった守山菜穂子さん。

最大手の出版社で活躍されたキャリアがあり、ブランドコンサルタント・メディアプロデューサーとしての実績などからの助言は力強く思いました。

私が単身上京したばかりで東京の右も左も分からなかったとき、外見から障害が分からないというところに注目して、雑誌の読者モデルのお仕事で私を演出してくださった守山さんだからやってみようと思いました。改めて、ありがとうございます。

近年、大学のゼミなどで「多様性理解」を目的に、学生たちが主体となって開かれるようになった「ヒューマンライブラリー（生きている図書館）」というイベントがあります。

これは、日ごろ偏見の目で見られやすい人が本の著者（語り手）という立場をとって話をし、図書館への来場者が読者（聞き手）となり、相互理解を目指すという、２０００年にデンマー

クで始まった取り組みです。

ここでのルールは「本を破らない・書き込まない・持ち帰らない」という3点で、出演者の安全が約束されます。今では世界50か国以上で開催されています。

私も、ヒューマンライブラリーには日本で最初におこなわれたときから「生きている本」として参加し、日本全国で最多の出演をしました。

本書の内容に関しては、そこで私が語ったこと、聞いたことを整理したものが中心となっています。私はこの催しを通し、年齢も属性も多様な方と顔と顔を突き合わせて多くの対話を経験することができました。自分という人間や自分とは異なる他者の存在を整理することができたように受け止めています。

私のような者にスポットライトの当たる舞台を多く提供してくださった駒澤大学の坪井健先生、明治大学の横田雅弘先生、獨協大学の工藤和宏先生、そして先生方のゼミに所属された歴代の学生の皆さまには、心より感謝いたします。

今回の原稿の最終段階では、この10年間ともにプロジェクトを進めてきた東京大学先端科学技術研究センターの近藤武夫准教授、巖淵守准教授に過去の出来事の確認などをしていただきました。ご多忙の中での確認作業、本当にありがとうございました。

こうして読み書きに困難を抱えている私が、テクノロジーや人の手を借りながら一冊の本を作り上げることができるとは、病気に悩んでいたころには到底考えられないことでした。

何か一連の制作過程がドラマティックであったような感じもしています。

執筆中、見て見ないふりをしてきた過去を掘り起こしたり、自分と対峙する中で苦しい時期が何度もありました。そんなとき、いつも自作の音楽で応援歌を届けてくださった石川忠志氏、ユニークな自作の絵画で笑わせてくれた中澤基浩氏。

彼ら以外にも、お礼を告げる人を数え上げればきりがありません。

最後に、身内はホメないという日本人の美徳をあえて侵して、小っ恥ずかしい家族へのお礼を述べたいと思います。

病気から10年、誤解や衝突もありましたが、やはり不器用なりに感謝しています。

いつも、ありがとう。

２０１５年10月

小林　春彦

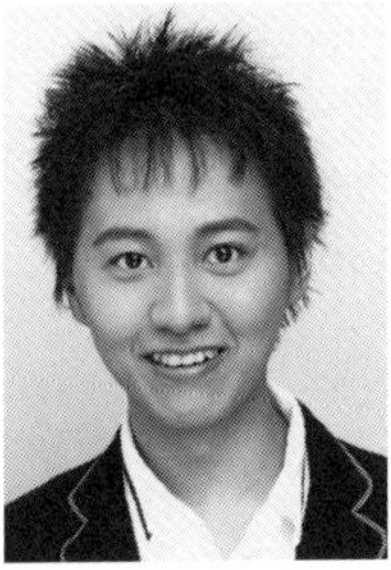

**小林 春彦**（こばやし はるひこ）

1986年　大阪府吹田市生まれ
2005年　私立三田学園高校卒業
2005年　18歳の春、脳梗塞に倒れ、救命のため開頭手術を執行
2007年　東京大学主催「DO-IT Japan」第一期に選抜・修了
2008年　東京大学先端科学技術研究センターに従事
2011年　レーベル“A-String”から「はるひこ &Beth」名義でインディーズデビュー

中学・高校時代は吹奏楽部に所属し全国大会に出場。18歳の春に「右中大脳動脈閉塞症・広範囲脳梗塞」で倒れ、身体機能と脳機能に重複した障害を抱える。３年の闘病を経て半身不随など一部の障害を克服するが、外見から困難が分からない中途障害者となる。

東京大学主催「DO-IT Japan」プロジェクトの第一期生に日本全国から選抜され、健常者として育った北神戸から東京へ単身上京し、東京大学先端科学技術研究センターに従事する。

現在は DO-IT Japan リーダーとして全国で「健常者福祉」などをテーマに大手企業や教育機関での講演をおこない、学会・シンポジウムなどのトークイベントやメディアにも多数出演している。

iTunes Store からオリジナル曲を配信、読者モデルとして雑誌や企業ＣＭに出演するなどマルチな活動を展開している。全国障害学生支援センター発刊の機関誌に「ハルヒコさんの気分は上々」を連載中。

Twitter アカウント：@koba_haruhiko

18歳のビッグバン

2015年11月11日　第1刷発行

著　者——小林 春彦
発行者——久保 則之
発行所——あけび書房株式会社
102-0073 東京都千代田区九段北1-9-5
☎ 03. 3234. 2571 Fax 03. 3234. 2609
akebi@s.email.ne.jp http://www.akebi.co.jp

組版／アテネ社　印刷・製本／中央精版印刷

ISBN978-4-87154-138-1 C0095